Jacques Mercier

Maître Gustave

La Renaissance du Livre
Michel De Paepe Éditeur

Couverture : Cl. Philippe Saenen.

52, chaussée de Roubaix, 7500 Tournai (Belgique).
www.larenaissancedulivre.com
ISBN 2-8046-0652-x

Jacques Mercier

Maître Gustave

roman

La Renaissance du Livre

Partager ses connaissances est une manière d'obtenir l'immortalité.
(Tantra indien.)

La vie est magnifique aussi longtemps qu'elle vous consume.
(David Herbert Lawrence, *Île, mon île.*)

Presque toute vie d'homme est corrompue par le besoin qu'il a de justifier son existence.
(Henry de Montherlant, *Pitié pour les femmes.*)

I

J'ai renoncé depuis peu à la plupart de mes activités publiques, satisfait de l'acquis professionnel et n'en souhaitant pas plus. Nul ne peut combler tous ses désirs, dès lors rien ne vaut la sérénité que procure la décision d'en rester là. Mes livres – y sont-ils tous ? – sont rangés dans la bibliothèque, parmi les autres bavards littéraires, mes frères dans la recherche et l'analyse. Mes articles sont enfouis dans des cartons, eux-mêmes cachés dans le bas d'une armoire. Jamais je ne les relirai, c'est l'évidence ! Quant aux prétendus trophées, ces médailles, ces diplômes, ces honneurs, je les ignore aujourd'hui. Mon parcours se résume par l'unique question, restée sans réponse : Pourquoi sommes-nous sur terre ? Et même si j'ai cru successivement à l'amour, à la fraternité, à l'intelligence et que j'ai pu développer des thèses et des expériences dans ces domaines, non, je ne suis sûr de rien.

– Voulez-vous vous installer sur la terrasse ? demande Salomé.

Elle me tend la canne, me prend le bras droit et me fait traverser le salon. Tikal, superbe bearded colley aux longs poils gris et blancs, se lève pour nous suivre. Comme toujours, je m'arrête pour contempler le tableau dans l'entrée. Cet autoportrait bizarre représente l'artiste, cadavre sans visage, dans une de ses propres expositions nipponnes. Bien plus que figuratif, il suggère à chaque regard d'autres cheminements intérieurs. Je pénètre facilement dans cette œuvre ; c'est une porte et la clé même de cette porte.

Le soleil orgueilleux de cette saison d'été m'oblige à chausser des lunettes noires. Celles, fumées, que j'ai longtemps exhibées me donnaient cet air distant qui rebutait les journalistes inexpérimentés. La chaise longue rembourrée épouse la forme un peu cassée de mon corps de vieil homme. Je ne veux pas de téléphone ici, même pour l'appeler elle, qui doit donc venir s'enquérir régulièrement de mon état, de mes problèmes, de mes désirs.

– Un thé aux fruits des bois ! lui dis-je.

Salomé ne ressemble à personne. Quand on me demande si elle est jolie, je suis incapable de la comparer à une actrice. Plus que sa beauté, c'est son charme énergique et envoûtant qui me plaît, insolent sourire sous la pluie !

La demande amuse Salomé. Depuis qu'elle est à mon service, je ne lui ai jamais demandé une autre variété de thé que celle-là. J'ai pris goût aux boissons sucrées et ai adopté le tabac parfumé de la pipe. En tirant un trait sur mon existence "précédente", plus saine par ailleurs, je vis de manière intense ce passage dans un autre univers. Pour me faire peur, j'analyse parfois le cliché de "l'antichambre de la mort", j'exorcise les mots un à un, en les approfondissant, en les triturant comme il sied à l'écrivain cultivé que j'ai été. Je n'écris plus une ligne, estimant avoir fait mon devoir, rempli mon contrat avec la société. La seule activité scripturale que je m'octroie est celle de remplir les grilles des mots croisés. Si l'on savait !

La limousine s'arrêta pile devant l'entrée principale du Salon du Livre. Sa présidente émoustillée vint me serrer la main et m'accompagna dans la salle réservée aux VIP. Elle prononçait "vip" à la française. Je n'avais accordé qu'une demi-heure de mon temps à la séance de signatures. La flûte de champagne à moitié bue, je suivis les gardes du corps qui se frayaient un passage dans la foule compacte du week-end. Devant le stand de l'éditeur patientait une queue disciplinée, des femmes en majorité. Je m'assis, dévissai le capuchon de mon stylo et commençai à dédicacer. Je voulais m'en tenir à l'horaire prévu et s'il fut un temps où je traînais pour ne pas me retrouver seul devant la pile de mes ouvrages, aujourd'hui il me fallait me limiter à une phrase et au prénom. Une Geneviève m'intrigua par son charme. Elle me confia sans difficulté son numéro de téléphone noté à l'encre violette sur un bout de carton. J'ignorais le regard envieux d'autres écrivains, ne voulant que me complaire dans celui, plus flatteur, des jolis visages féminins, le temps d'une juste satisfaction.

Salomé est grande, mince et je pense qu'elle regrette son manque de poitrine. Ses longs cheveux sont la plupart du temps retenus en chignon par des pinces et des épingles piquées au hasard. De longs cils noirs accentuent la profondeur de son regard. Elle me vouvoie et me donne du "Maître", mais je préférerais qu'elle me tutoie en m'appelant Gustave, avec l'espoir secret et puéril de l'entendre peut-être, un beau jour, me dire Gus ?

– Voici votre thé et les journaux. Voulez-vous le coussin pour votre nuque ? Elle le tient entre les mains comme dans les films où les assassins s'avancent pour étouffer leur future victime.

J'aime que sa main me frôle le visage comme on le fait pour un jeune enfant. Salomé fait mine de s'éloigner, mais je la retiens en lui rendant les journaux, sauf les pages pour cruciverbistes. Parfois, le piaillement et les chants des oiseaux parviennent à m'agacer, depuis que je sais que ce ne sont pas des romances animales mais bien des signaux qui indiquent les limites de leurs territoires. Je ronchonne mais au moins, moi, je n'ennuie personne. Le parfum du thé brûlant ravive en moi les couleurs d'autres matinées, où je me levais à l'aube pour assouvir le vice d'écrire. Les ramages me paraissaient alors le fond sonore idéal pour ma concentration et le thé suivait l'avancée des phrases sur la feuille blanche et volante. Mon écriture a toujours été fine et petite. Je raturais peu, le travail s'étant élaboré dans ma tête avant d'être formulé.

Longtemps j'ai cru – aujourd'hui je ne suis plus sûr de rien – que la poésie était la forme de l'art la plus sincère. Notre égocentrisme est sans borne ! Cette idée ne s'appliquait qu'à ma petite personne. Oui, écrire un poème m'a toujours paru d'une telle évidence que ces mots-là, dans cet agencement, cette restructuration, cette liberté, ont la plupart du temps pu traduire avec justesse ce que je ressentais. Le carcan des chapitres d'un roman et la démonstration universitaire d'un essai m'obligeaient à une réflexion préliminaire. Celle-ci par son organisation, son analyse, freinait ou modifiait peut-être la fulgurance que j'aimais dans un poème. Chacun d'eux déchiffrait ma pensée pour l'éternité, hors du temps presque.

Les fleurs surnagent
Au bassin d'eau noire
Les mots sont invisibles
Mais j'entends la fête.

Je reconnais ce qu'il recèle. J'avais dix ans peut-être, une soirée en été dans une maison inconnue où j'accompagnais mes parents. Profitant du bourdonnement des conversations et de la distraction des adultes, je suis sorti pour m'avancer dans le jardin mystérieux. En marchant dans le chemin de terre, je fus envoûté par la tiédeur de l'air, le vert profond des buissons, l'exhalaison enivrante des plantes invisibles, les crissements d'animaux cachés. Tout à coup, je fus devant un large bassin rectangulaire. Par contraste avec le ciel étoilé, l'eau était noire et semblait presque solide. Surnageaient des nénuphars et des algues. Le niveau quasiment égal de l'eau et de la terre me frappa, je ne voyais aucune rupture entre le solide, la terre, et le liquide, l'eau. Je me suis accroupi et ai enfoncé ma main dans ce que les poètes classiques nomment l'onde. Je voyais, derrière la baie vitrée de la maison, à quelques mètres, des mouvements colorés sur une musique assourdie, filtrée par les fenêtres et par la distance. À ce moment précis, je fus heureux ! L'ensemble de mes sensations, de mes sentiments et de mes pensées me combla : l'âme en accord parfait avec le corps.

Ces quatre vers d'apparence anodine me le rappelleront toujours.

– Maître ?

Sans doute Salomé m'a-t-elle appelé plusieurs fois déjà.

– Excusez-moi, Maître, mais je pense que vous n'êtes pas bien assis. Votre cou et votre épaule vous feront souffrir, si vous continuez à dormir ainsi…

Les appels de Salomé semblaient faire partie de la même scène nocturne à moitié rêvée : je me trouvais dans ce jardin et les conversations me parvenaient étouffées. Parfois les mots m'étaient familiers, tels "restaurant", "cousin" et "voyage" ; le plus souvent, je ne les comprenais pas bien : "contrat", "évaluation", "convoler". J'étais dans le tableau mais j'en étais aussi le spectateur. Ce soir-là, ma vocation d'écrivain est née. Mon métier m'a plus appris à regarder et même à juger qu'à être moi-même le sujet de l'existence ; ensuite j'ai décrit et tenté de comprendre. Je ne restais pas en place : à peine assis dans la salle de spectacle, je me levais et ralliais les coulisses afin de comprendre le mécanisme de la pièce qui se jouait sur scène. Qui me dira pourquoi je fus ainsi : à passer à côté des choses, à ne les apprécier que de l'extérieur ? Je le regrette tellement !

– Désirez-vous quelque chose, Maître ?

La liste de ce que j'ai désiré est longue. Maintenant, arrivé à la fin de ma vie, je puis enfin répondre :

– Non, Salomé. Tout va bien !

Longtemps j'ai été accaparé par l'évaluation, la mise en place et par l'acceptation de mes désirs. J'ai donc tenté de les ignorer, mais je n'y suis pas arrivé. Alors je me suis senti coupable de les ressentir. Mon éducation était à reconsidérer : les principes que les pères jésuites m'inculquèrent me furent d'un grand secours. Je savais la liberté sans en user. Il était temps de le faire. Et sur le tard, j'ai commencé à me défaire de l'emprise de certains préceptes. Ce devait être suivi d'un lent travail de reconstruction sous peine de désespoir. À chaque règle transgressée, il fallait trouver une justification.

J'avais du cœur à l'ouvrage, ça oui ! Et j'étais heureux d'écrire, car c'était une thérapeutique idéale. Parfois dans l'excès. Mais ensuite la même méthode, celle de la création, m'émancipait. Je le fis durant de longues années, avant de me poser la question : d'où provenait ce besoin d'évoluer ?

– Nous allons rentrer, Maître ? Le soleil a disparu et c'est bientôt l'heure du déjeuner !

Je ne veux pas lui faire une fois de plus une remarque à propos de ce *nous* qui m'exaspère. Salomé a raison, le temps se couvre. Tikal avance de quelques mètres, se retourne, remue la queue. Même la véranda, que je traverse pour rejoindre un des salons du manoir, est baignée d'une lumière mélancolique. J'aime le parfum piquant des pétunias bleus. J'insiste depuis des années auprès de Laurent, qui entretient le parc, pour qu'il en garde en permanence, quelle que soit leur couleur. Je me suis aperçu que Salomé n'y est pas sensible et qu'elle considère cette demande comme un caprice. Moi je sais que l'odeur est liée, une fois de plus, à des souvenirs d'émois enfantins.

Une véranda magnifique jouxtait le château d'un oncle de ma mère. Lors des visites familiales, où des dizaines de cousins, de tantes, de beaux-pères prenaient place dans une salle de réception, les enfants les plus jeunes avaient la permission de jouer dans ce lieu protégé de la pluie. Mais je n'ai pas envie de m'en souvenir maintenant… Déjà j'avais peur du temps qui passe et je craignais de ne pas avoir l'occasion de laisser ma trace chez les humains. Je n'avais rien compris. Je voulais être adulte, dans ce que cet état avait de "potentiel". Posséder vite les rudiments d'un talent qui me permettraient sans délai de m'exprimer. Et personne ne me contredisait. On voyait même dans cette précocité un signe d'intelligence. Alors que si cela en était, elle aurait dû m'avertir des dangers de brûler les étapes. Je bâclais donc mon enfance. Ma punition sera de la regretter et d'essayer de vouloir la revivre ma vie durant.

– Voici le menu de ce midi !

Salomé me tend la carte, présentée dans une couverture verte et cartonnée d'un livre de cuisine évidé. Comme dans un restaurant de grande classe : une envie que j'ai de retrouver ces petits plaisirs de la vie luxueuse. Je l'ouvre et lis ce que la cuisinière a préparé : un petit Farci de saumon et crevettes, un Suprême de pigeonneau au foie gras, une Truffade au chocolat. En refermant le livre, je souris en pensant à mes semblables minés par diverses maladies, auxquelles j'ai échappé jusqu'à présent. Je ne suis pas charitable, mais je connais bien leurs défauts spécifiques – l'envie, la jalousie, l'orgueil – et m'absous de scrupules. Je me sens privilégié : j'ai créé, travaillé, donné de ma personne, parlé, pensé. La société m'en a largement récompensé et j'ai même gagné beaucoup d'argent. Le comble est de pouvoir en profiter ! Combien ont cette chance ?

Salomé partage mon repas et ma conversation un peu étriquée.

– Voulez-vous que je range la bibliothèque, Maître ?

– Tu n'as rien de plus intéressant à faire ? Pas d'amie à emmener au cinématographe ?

Elle rit avec la main devant la bouche. Salomé sait ma manière d'utiliser les mots complets dans leur orthographe d'origine et désuète.

– Mais Maître, nous avions déjà parlé d'un classement par ordre alphabétique…

– Si tu veux, dis-je pour ne pas m'attarder sur ce sujet qui ne m'amuse plus guère.

J'avais la conviction que la chose écrite était la vérité, qu'elle avait un statut spécial et supérieur, comme celui de la parole des parents ou des professeurs. Ceux-ci me trahirent les premiers. L'œuvre littéraire fige tout mais ne démontre pas grand-chose. Je lui préfère en fin de compte la parole, qui donne le ton du présent et s'enfuit aussitôt après. Il ne faut pas l'enregistrer de manière artificielle, bien sûr, qu'elle garde ce rôle, enrichi des nuances de la voix et de l'émotion. Les harmoniques des mots et leur agencement dans des phrases doivent être expliqués ou simplifiés pour éviter les malentendus.

J'imagine Salomé monter sur l'escabeau de bois pour accéder aux plus hauts rayons de la bibliothèque du premier étage. Sa robe courte dévoile ses cuisses. Je m'oblige à détourner ma pensée. D'autres femmes plutôt que des jeunes filles. Quelques-unes m'ont escorté, parfois le temps d'un livre. Certains prénoms s'effacent et ne demeurent qu'un sourire, le galbe des seins, une manière de s'offrir sans pudeur. Les lieux, la musique font aussi apparaître des visages ou des éclats de rire. Presque toujours, j'ai fait coïncider le sexe et l'amour. Parfois j'ai cru au grand amour. Mais toujours il fallait bien que je l'admette : mon œuvre m'importait plus qu'elles. Peu le supportèrent.

Salomé revient dans la pièce, l'œil brillant, tenant une feuille de papier recouverte de sa large écriture déliée de fille.

– Maître ! Je vais recopier vos notations. Vous l'acceptez ?

– Que veux-tu dire ?

– Dans la plupart des livres, vous avez marqué d'un trait dans la marge et d'une croix en haut de la page une phrase ou un mot. Je pense que c'est parce que vous trouviez le passage intéressant ? Je voudrais donc les transcrire et les rassembler.

– Je ne sais...

– Mais je ne touche pas à votre œuvre, Maître ! Comme vous me l'avez demandé. C'est simplement pour comprendre...

J'hésite à lui donner cette autorisation, dont je saisis le sens. Devant sa moue déjà déçue, j'accepte du bout des lèvres. Je compte de toutes façons sur l'ampleur de la tâche fastidieuse pour décourager Salomé un jour ou l'autre.

Pour la lettre “A”, Salomé vient de noter :

Agrippa d'Aubigné (1552-1630) : “Nous sommes ennuyés de livres qui enseignent, donnez-nous-en pour émouvoir, en un siècle où tout zèle chrétien est péri, où la différence du vrai et du mensonge est comme abolie.” (*Les Tragiques* – préface de l'auteur).

Marcel Achard (1899-1974) : “Le plus grand prix qu'on puisse payer pour quoi que ce soit, c'est de le demander.” (*Patate*).

Il me semble déceler un léger tremblement dans le poignet de Salomé lorsqu'elle verse le thé dans nos tasses. Je l'observe en tournant la cuillère pour y mélanger le sucre de canne. Elle ne s'en aperçoit pas. À nouveau, cette lumière mouvante au gré du passage des nuages. Je ne veux plus rien savoir d'important. Je cherche en cinq lettres ce qui correspond à la définition : "Cherche la perle dans la vase". J'ai la troisième lettre, "C", et la cinquième, "N". Et je complète avec la solution : accon.

II

À l'époque, je n'y croyais pas, je ne voulais pas le croire et, naïf, j'estimais que cela suffirait à enrayer le mal. "Les séquelles de l'accident de voiture vous poursuivront tout au long de la vie et vous tenailleront surtout lorsque vous vieillirez", m'avait prédit le chirurgien qui m'opéra, fort bien d'ailleurs. Le vieillissement est arrivé et ma cheville me fait souffrir. La douleur m'a tenu éveillé une grande partie de la nuit et je sais que je vais vivoter aujourd'hui, passer une journée entre parenthèses, parce que je ne serai pas en état de la vivre avec toute l'énergie souhaitée. Comme si j'en avais le loisir ! J'ai suivi l'avancée de l'heure sur le vieux réveil, dont le tic tac me berce depuis l'enfance, en fixant ses aiguilles fluorescentes et verdâtres, ses pattes et ses deux clochettes en guise de chapeau. Au moins, en cas de panne de courant, le temps ne s'affole pas. Non pas que je sois attentif (Salomé dirait "accro" !) aux minutes qui s'égrènent – je sais trop bien que je n'en déchoirai que plus vite – mais bien à l'ordonnance des jours et des nuits.

De mes études secondaires date l'envie de travailler au lit : que le confort entoure mon corps afin de laisser seul l'esprit en éveil. Je m'organisais de manière peu habituelle : réveillé vers cinq heures, j'allumais un petit réchaud sur lequel attendait, dans un récipient d'aluminium, du café de la veille. Je me redressais, calais l'oreiller sous mes omoplates et je posais alors devant moi un plateau de service sur lequel m'attendaient les notes des cours à réviser. Un cercle de lumière jaunâtre les éclairait : surlignage, titres en rouge ou bleu et – comme je l'ai toujours fait – des résumés de résumés, qui permettaient à ma mémoire de remonter jusqu'au texte original. Lorsque les contrastes de la fenêtre s'inversaient, la pâleur de l'encadrement et le ciel sombre se transformant en un châssis noir et un ciel qui pâlissait dans les nuances du bleu, je ressentais une exaltation que j'apparentais au bonheur.

Plus tard, j'ai corrigé mes manuscrits au creux des oreillers. De l'époque où le bruit m'indisposait, j'ai pris l'habitude de m'endormir avec des oreillers sous et sur la tête. Je ne dois pas être le seul à procéder ainsi : dans les hôtels, par exemple, on trouve toujours des oreillers en suffisance.

Le téléphone intérieur sonne et je me doute, à cette heure-ci, de l'inquiétude de Salomé.

– Ma cheville, oui… Non, de la marmelade de prunes plutôt… bien sûr !

Je tente de m'asseoir mais la douleur m'arrache un petit cri de gorge.

Salomé est une nurse plutôt qu'une infirmière – je souris en l'imaginant dans un uniforme transparent. Et si vraiment mon état physique se dégrade, j'en engagerai une. Serai-je pudique avec elle ? Je ne remonte pas les draps devant ma poitrine. Je n'ai jamais supporté un pyjama. Les poils blancs qui bouclent entre mes seins n'ont rien de repoussant.

Elle me fait la surprise d'une longue robe noire fendue sur le côté. Lorsqu'elle se penche pour déposer le petit déjeuner, ses cheveux lui cachent le visage et je ne la vois pas sourire. Mon lit à baldaquin, au matelas très haut, facilite le lever et le coucher. Je l'ai acheté sur un coup de cœur, l'ayant désiré depuis longtemps. Mes femmes n'ont pas aimé ce lieu clos, comme si elles avaient été tourmentées par d'invisibles dangers. Des chauve-souris se cachaient-elles dans les plis des tissus ? Peut-être qu'une fois qu'elles étaient enveloppées de soie et de lin, ce navire du sommeil et de l'amour serait sabordé par des pirates ou harcelé par des monstres ? Et je ne parle pas du couplet récurrent des femmes de ménage qui n'y voient qu'un extravagant nid à poussière.

Salomé écarte les rideaux et je sais que la journée sera ensoleillée. Je fulmine contre mon corps et l'ironie de la situation. Elle prend garde à ne pas alimenter ma mauvaise humeur, par ailleurs compréhensible.

– J'ai fait sortir Tikal, lui ai rempli son écuelle ; elle a bu. Elle est couchée dans l'herbe près de la terrasse comme d'habitude...

Salomé quitte la chambre et son pas léger, quasi enfantin, décroît vers le rez-de-chaussée. Chantonne-t-elle ?

J'ai fait transporter mon ancien lit dans la chambre qu'elle occupe. Ce meuble de bois massif, d'une surface bien au-dessus de la normale, a été fabriqué par un artisan et assemblé à l'intérieur de la pièce par un menuisier. Dois-je ou non souhaiter que les scènes d'amour que j'y ai vécues hantent les rêves de Salomé ? Fera-t-elle les mêmes erreurs, vivra-t-elle les mêmes tâtonnements, aura-t-elle les mêmes désespoirs ? Dois-je lui dire ou la laisser se construire toute seule ? Au-delà de Salomé, mes écrits n'avaient-ils pas ce but de témoigner de la vie, de faire part – en de multiples formes artistiques – de mon expérience, du fruit de mes réflexions ? Ce partage est-il indispensable ou n'est-ce qu'un prétexte à un passe-temps qui remplit le vide de son existence et qui s'appelle l'art ? ou l'Art ?

– Puis-je desservir, Maître ? demande Salomé au téléphone. Il est peut-être préférable que vous vous reposiez...

Sa sollicitude me met mal à l'aise, je ne sais comment y répondre. Elle promet de prendre des nouvelles plus tard. Je la devine impatiente de poursuivre sa recherche des notations. Me dérobe-t-elle ainsi une part de mes pensées puisque le choix même des phrases trahit mes obsessions.

Comme mes membres s'ankylosent, j'ai envie de me lever. Et puis non ! Je ne veux plus céder à cette contradiction-là ! Elle nous pousse à souhaiter une chose, qu'une fois obtenue, nous ne vivons plus. Ainsi, dans la canicule, on regrette la neige et lors des petits matins de froidure, on appelle de ses vœux les levers d'aoûtien, fenêtres grandes ouvertes sur un paysage tremblant de chaleur. Combien de fois ai-je rêvé cette paresse au lit en pleine réunion littéraire fastidieuse, et me voici couché à me voir gambader dans le jardin. Je veux m'arrêter, à tout le moins freiner cette course folle. Je ne me fais aucune illusion : ce train à grande vitesse de nos existences humaines ne ralentira plus. Les deux pieds que je pose sur le sol vont seulement me faire mal. C'est alors que je bénis mon imagination, ma capacité de recouvrir la réalité de mirages. La fréquentation de mon esprit m'a au moins apporté cette particularité : créer l'imaginaire et y croire. Du temps de mes écritures, je vivais dans mes œuvres et en m'y réfugiant, la médiocrité ne m'atteignait pas. Et pourtant, j'ai décidé de sortir de ce bonheur – artificiel – pour me frotter à ce que j'idéalisais. J'avais beau savoir que c'était une erreur, il a fallu que je vienne m'en rendre compte. Je suis sorti du paradis : mes yeux se sont dessillés, comme dit la Bible, et non seulement je me suis aperçu de ma nudité, avec laquelle je m'arrange, mais j'ai surtout dû m'accommoder de celle des autres. Si la création, l'amour, la bêtise ne nous gouvernent plus, la vie est réellement difficile à subir. Comment ne pas admettre les fuites, les lâchetés, les compromissions pour obtenir un semblant de quiétude ? En revanche, l'inconscience nous fait littéralement pousser des ailes… Oui, c'est ça ! C'est Icare. Il vole. Il est heureux. En équilibre précaire sans doute, mais il est libre. Pourquoi veut-il posséder plus en s'approchant du soleil qui le brûle ? Pourquoi regarde-t-il la mer qu'il survole et la falaise qu'il vient de quitter jusqu'à perdre l'équilibre ? Peut-être ne se noie-t-il pas ? Ce serait pourtant un sort plus enviable que celui de nager à perdre haleine en luttant contre la marée et les courants. Il atteindra le pied de la falaise à bout de forces et devra l'escalader. Un jour, si tout se passe bien, il retrouvera ceux qu'il a quittés. La plupart auront disparu, déçus par la chute.

– Maître ?… Maître ?
– Oui, Salomé. Tu peux entrer.
– Je ne vous dérange pas ?

Je lui fais signe que non et d'un vague geste de la main lui indique un des sièges romains. Ils en ont la forme curule : les pattes croisées et la courbure évasée du siège. Elle s'y installe, les jambes repliées sous elle.

– Vous avez besoin de...
– De rien ! Tout va bien. Si j'avais moins mal...

Je m'arrête net. Je n'ai aucune envie de geindre et veux faire l'effort de redevenir pétillant, tel que je me souhaite, surtout en face d'elle. Si je bravais ma propre interdiction de fumer dans ma chambre, si je lui demandais mon tabac et ma pipe noire ?

– La doctoresse peut-elle...
– Elle passera. Ne t'inquiète pas. Que fais-tu ce matin ? Tu continues à examiner les notes ?
– Pas exactement. Je crois qu'il faut commencer avec méthode : tout reclasser et après seulement en faire le relevé.
– Mais est-ce important ?
– À l'université, on nous a appris la méthodologie de ce style de travail.
– Soit ! dis-je pour ne pas me lancer dans mes anciennes diatribes contre les principes pédagogiques.
– Je vous fatigue, dit Salomé, un peu alarmée et faisant mine de se lever.
– Non, Salomé ! Ne sois pas si...

J'ai failli dire obséquieuse et l'aurais blessée sans le vouloir. Ce mot dépasse ma pensée, j'en cherche un autre, comme je le fais pour les mots croisés : empressée, obligeante, prévenante.

– Ne sois pas si attentionnée !

Aucune idée du temps écoulé pendant cette quête du mot approprié. Un millième de seconde pour la connexion dans le cerveau, un siècle pour le Prince charmant et la Belle au bois dormant.

Salomé vient débarrasser la table de chevet du plateau du petit-déjeuner. Elle contourne le lit, allonge la jambe en découvrant son fin mollet et pousse la porte. Elle me regarde une fois encore, interrogative, et puis sort de la pièce. Me prend-t-elle pour ce que je suis devenu, un vieil homme égotiste ?

Lorsque j'ai souhaité une gouvernante, José et Éva (le couple qui gère la cuisine et l'intendance) me parlèrent de Salomé. À ma demande, ils servirent d'intermédiaires. Tout me parut parfait : elle avait terminé ses études – dans la branche des sciences économiques – mais ne semblait pas pressée de travailler dans ce domaine. Après une rupture sentimentale mal vécue avec un de ses condisciples, elle souhaitait une forme d'isolement, façon originale et peut-être agréable de se changer les idées. Je ne l'interrogerai pas à ce sujet. Pleure-t-elle dans sa chambre ? Revit-elle seule ses soirées d'amour ? Elle paraît en tout cas de taille à tourner la page et à ne rien ressasser. Se douterait-elle qu'elle redira les mêmes mots d'amour avec une intensité différente puisque le chagrin leur aura apporté plus de consistance ? Mais l'expérience lui manque et en ce moment, elle pense, au pire, avoir gâché ses chances et perdu son temps, au mieux avoir tenté d'embellir sa jeunesse et de concrétiser ses rêves. Tout est à refaire.

À son âge, j'étais un romantique. J'écrivais des poèmes lyriques, que je qualifierai de “faux poèmes”, plus tard. Ils ne traduisaient pas ce que je ressentais mais ce que j'espérais. Les mots excessifs me leurraient sur mes propres sentiments. Une sorte de souffrance me donnait l'illusion de l'authenticité. Ce n'étaient que jalousie, exclusivité, pouvoir et très peu partage, tendresse, don de soi.

Même le souvenir du soleil
Et le bruit de l'eau sur la pierre
Ne peuvent enlever au réveil
Cette saveur perdue et amère.

J'ai jeté ces vers faciles, dérisoires, datant de mon adolescence. Mais ma mémoire les a conservés. Qui n'a pas en soi une ritournelle, une mélodie, qui peut faire resurgir une silhouette, un visage, un regard ?

J'ai soif, une envie de fruit et je téléphone à la cuisine. Éva monte un plateau puisque Salomé travaille dans la bibliothèque. Un peu essoufflée, elle a ce sourire de métisse que j'affectionne. À côté des boissons, je découvre cette pâte de fruit au gingembre qu'elle réussit comme personne. À mon visage qui s'éclaire, elle comprend qu'elle me fait plaisir et c'est mieux qu'un merci.

La douleur lancinante à la cheville me rappelle l'accident qui provoqua l'éclatement simultané du tibia et du péroné. J'étais jeune, je roulais vite. Lorsqu'on m'a sorti de l'ambulance, une jolie infirmière blonde poussa ma civière jusqu'à l'ascenseur. La douleur était diffuse et la fièvre qui m'avait envahi m'insensibilisait. Je parvins à lui sourire et à lui dire qu'elle était belle. Je voulais qu'on garde de moi ce souvenir aimable au cas où l'aventure se terminerait mal. La veille, j'avais écrit dans mon cahier : "J'attends la vie avec impatience." La réponse fut donc immédiate : cette mésaventure m'ouvrit la voie vers le monde de la littérature. Longtemps j'ai gardé cette feuille où j'avais noté, du haut de mes quatorze ans, avec une détermination naïve et en lettres rouges soulignées : "Je serai écrivain". Cette phrase a dû me "booster". J'ai découvert ce nouveau verbe dans une définition des mots croisés (verticale comme il se doit) : "Sept lettres qui envoient au ciel !" C'est Salomé qui m'a expliqué la référence aux mises à feu successives des étages d'une fusée spatiale.

Elle me demande la permission d'entrer, s'assied et déclare :

– Vous avez beaucoup aimé les pièces d'Anouilh !

Avant de le lui confirmer, je lui demande pour quelle raison elle ne poursuit pas son classement avec... méthode. Elle se met à rire et cela la rajeunit encore.

– Anouilh commence bien par la lettre "A", non ? Mais j'aime aussi l'école buissonnière !

Le mot "buissonnière" déclenche un vagabondage de mon esprit. Alors que la librairie, comme on l'appelait jadis, est un lieu que j'ai rejeté, pourquoi le fait que Salomé l'investisse me pince-t-il le cœur ? J'avais pourtant beaucoup aimé le silence de l'endroit, écrin à tant de réflexions revigorantes. Savoir que le claquement vif de ses chaussures sur l'escalier en colimaçon, que sa course peut-être le long de la mezzanine, que ses exclamations dérangent dorénavant cet espace personnel me touche et je ne le veux pas. C'est indigne, tel l'ex-amant jaloux du nouveau venu. Je me suis juré d'éviter ces mouvements inutiles de l'âme.

– Les pièces noires de Jean Anouilh furent mes lectures préférées.

– Seulement les noires, Maître ? Les autres ne vous plaisaient pas ?

Le piège est tendu.

– Je m'interdis de commenter ma vie littéraire.

La remarque assez brutale du reclus que je suis fait naître dans son regard tour à tour la surprise, la tristesse, l'incompréhension. Elle quitte la pièce. Plus tard, en m'y rendant lentement, appuyé sur ma canne, je découvre dans la salle de bains les feuillets qu'elle a oubliés. Ils sont couverts de citations d'Anouilh. Son écriture comporte des envolées dans les majuscules, à l'image de ses impulsions.

"Faire l'amour avec une femme qui ne vous plaît pas, c'est aussi triste que de travailler."

"Je sais de quelles petitesses meurent les plus grandes amours."

"Chaque volupté, chaque dévouement, chaque enthousiasme nous abrège." (Jean Anouilh, *L'Hermine*).

C'est surtout *Antigone* que j'aimais :

"C'est plein de disputes, un bonheur."

"Rien n'est vrai que ce qu'on ne dit pas..."

"Chacun de nous a un jour, plus ou moins triste, plus ou moins lointain, où il doit enfin accepter d'être un homme".

III

Je la bénis : il aura suffi d'une séance d'une demi-heure d'acupuncture à mon médecin pour atténuer le mal lancinant du bas de ma jambe. Soulagé et pour me racheter de mon attitude un peu désagréable, j'invite Salomé à partager ma cérémonie vespérale du thé dans mon salon préféré, le bleu. Comme si elle le pressentait, elle est vêtue d'une robe d'un bleu nattier et sa présence a l'air d'aller de soi, s'harmonisant avec les meubles et les êtres. Tikal est étendue sur le flanc, s'étire, se rendort. Je ne porte plus de cravate depuis ma sortie du monde, mais j'ai tout de même endossé un costume sombre. Je prends mon temps pour bourrer de tabac clair une pipe en racine de bruyère, dont j'aime la forme du tuyau d'ambre. Nous devisons et mon souffle fait rougir les brindilles. Entre les échanges banals :

– Notre conversation est très "académique" !

Son rire m'enflamme plus que le feu de bûches dans l'âtre et celui de ma bouffarde qui réchauffe ma gorge. J'aimerais justement lui raconter les petitesses qui côtoient la grandeur des membres des académies littéraires dont j'étais avant même d'avoir atteint la quarantaine, à l'âge où l'on est assez prétentieux pour croire que sa seule présence peut infléchir l'état d'un groupe et le métamorphoser. Bien des jeunes loups se sont cassé les dents de la même manière, en politique, par exemple. Mais à quoi bon ! Salomé aime lire ? Alors, que rien ne la distraie de cette occupation, qui est l'essentiel ! Je la questionne sur son enfance toute proche, mais elle est évasive, ne sait pas si elle fut heureuse vraiment.

– Ma mère a décidé qu'il fallait que je voyage, que je fasse le tour du monde. Vous savez, Maître, quoi qu'on en pense, ce sont toujours les raisonnements les plus simples qu'on semble suivre, les raccourcis qui paraissent évidents, les dictons... Elle disait : “Les voyages forment la jeunesse”... Comme quoi !

– Réjouis-toi que son lieu commun favori n'ait pas été : pour vivre heureux, vivons cachés.

Elle me demande si le nom de Tikal fait référence au peuple précolombien. Je lui explique que les deux syllabes me sont venues à l'esprit avant d'en rechercher un sens. Mais en effet, pourquoi pas un animal en provenance de Yucatán ?

Chaque fois qu'on prononce les deux syllabes qui forment son nom, Tikal ouvre un œil et remue imperceptiblement les cils. Je l'adore. A-t-on assez écrit au sujet du report d'affection sur ces animaux familiers, une fois la médiocrité et l'ingratitude des hommes avérées ?

– On avait des chats, dit Salomé.

À mon tour, je l'interroge sur la genèse de son prénom. Elle pense se souvenir que ses parents se décidèrent suite à une soirée à l'opéra, mais elle dit ne vouloir en aucun cas être la fille d'Hérode demandant la tête de qui que ce soit, et surtout pas de saint Jean-Baptiste. Ses pommettes rosissent. J'évoque l'œuvre de Richard Strauss et celle d'Oscar Wilde qui l'inspira.

– Sarah Bernhardt, si j'ai bonne mémoire, joua cette pièce à la fin du XIXe siècle à Paris.

Elle préfère cette idée et s'y rallie. D'autres soirées, tendres ou érotiques, littéraires ou vaines, me reviennent à l'esprit. Les reflets rougeoyants sur des peaux dénudées et les fumées balsamiques des cigares. Comme beaucoup de contemporains, j'ai été surpris par la libéralisation des mœurs, autant par sa soudaineté que par sa force et sa brièveté. Nous pratiquâmes la gourmandise, parfois dans l'excès. Dans mon cas, j'ajoutai la facilité que procure le pouvoir : mes péchés furent donc nombreux et je les commis avec la délectation supplémentaire de bien les identifier. La religion, qui m'avait imprégné de ses interdits, me réservait aussi des issues respectables : la confession, l'examen de conscience, la contrition, le pardon, voire la conversion. La foi, celle dont Paul Claudel semble avoir été gratifié un soir de Noël à Notre-Dame de Paris, celle que seul un poète peut recevoir de cette façon, un miracle me la donnera peut-être. Quant à la luxure – pour ne parler que de ce péché capital –, j'avais à ma disposition une multitude de fantasmes. J'en ai assouvi quelques-uns, comme pour savoir à quoi ressemblait cette réalité-là. Peut-être aurais-je dû les vivre avec plus de conviction pour en être vraiment satisfait. Mais j'ai toujours été mon propre spectateur et ce recul m'a apporté du dédain plutôt que de la satisfaction. Ma première vie conjugale commença de manière des plus classiques et se termina au milieu de pratiques peu reluisantes. Je décidai malgré tout de renouveler l'expérience, sans mariage à la clé ; puis une troisième fois dans une cohabitation plus raisonnée. Je me suis finalement résigné sous le prétexte de ma liberté de mouvements : l'écriture ne me donnait décidément pas la possibilité de vivre une deuxième passion. Je continuai donc à décrire, sans toujours le vivre de l'intérieur, gardant de cette dernière époque le souvenir brouillé de rencontres hétéroclites.

– Avez-vous été en Ombrie ? me demande Salomé. J'ai vécu plusieurs étés près de Città di Castello.

– Je connais la Toscane, surtout Florence.

Nous comparons les images qui nous reviennent à l'esprit. Avec cette politesse que peut avoir une conversation à deux voix. Mais aussi avec cette allégresse de la coïncidence, car j'ai toujours adoré ces régions transalpines. Je décris l'Arno. Elle me raconte les collines parcourues à vélomoteur. Je lui dis l'émerveillement des palais florentins, des familles Peruzzi, Ricci, Médicis. Elle évoque les champs de tournesols de Petrelle. J'affirme le rayonnement du quattrocento. Est-elle entrée au Museo del Duomo où précisément son Jean-Baptiste est représenté sur une toile de Pinturicchio ? Et nous parlons enfin de l'air de Florence, qui fut chanté par quelques grands écrivains. Je lui demande d'aller rechercher un petit livre qui contient des notes prises sur Florence : je voudrais les lui lire. Comme tout semble facile ce soir, elle met tout de suite la main sur le livre et en le feuilletant, je retrouve la phrase d'Anatole France dans *Le Lys rouge* : “L'air de Florence est sonore et tout argenté, le soir, du son des cloches !” et dans le même esprit, celle de Jean-Richard Bloch dans *Deux hommes se rencontrent* : “L'air de

Florence me paraît être la chose du monde la plus grisante que je connaisse. Nous y vivons dans un état de légèreté et d'élasticité que je n'avais jamais trouvé."

Cette conversation, je crois, nous a bien mieux rapprochés qu'une quelconque liaison sensuelle, à laquelle d'ailleurs je ne songe guère.

Salomé nous verse avec élégance une dernière tasse de thé, ajoutant de l'eau pour atténuer l'âcreté. Son poignet lisse me semble doux. Ses cheveux ont des mouvements ralentis. Les braises tombent sous la grille du feu. Un élancement du pied me rappelle l'évidence de mon âge et avant que la crise ne puisse grandir et ternir l'atmosphère, je lui souhaite une bonne nuit et la quitte. La chienne m'emboîte le pas en remuant la queue. Je m'aide d'une canne à pommeau d'argent ouvragé offerte par un confrère et espère que cela me donne un air tant soit peu altier. Et puis, ravalant ma fierté, je traîne la jambe pour ne pas grimacer. Je ne l'ai pas entendue me suivre et je sens tout à coup le bras de Salomé qui me soutient. Le soulagement est immédiat.

– Laissez-moi vous aider.

Dans mon lit, une pensée terre-à-terre m'assaille : pourquoi n'a-t-elle pas son diplôme d'infirmière ? Elle m'apporte mes médicaments et se retire.

Le sentiment de mon impuissance nouvelle m'envahit en repensant à la conversation de ce soir. J'en sors découragé, mais je ne veux pas, une fois de plus, refaire mentalement le bilan de ma vie car je risque d'attiédir mon jugement. Nous sommes de passage et nous faisons de notre mieux, c'est tout. Rien ne peut prolonger les choses, fi du retour en arrière et des regrets. Pourquoi justement ce soir cette doctrine que j'ai faite mienne est-elle battue en brèche ? Une fenêtre est mal fermée. Le cri des oiseaux nocturnes peuple mes insomnies, en souligne les affres. À combattre la douleur, je m'affaiblis et me laisse envahir par la reconstitution de scènes entières de ma vie ; peut-être celles que je repousse le plus quand j'ai toute ma lucidité.

Je suis dans le hall d'une maison ancienne et poussiéreuse, face à un large escalier double, recouvert d'un tapis lie-de-vin longeant un mur de stuc vers l'entresol. Je gravis les marches et croise un homme rondouillard, que je dévisage sans saluer tout de suite. Il hésite et sort du bâtiment. J'arrive sur le palier et cherche la porte du secrétariat de la maison d'édition. J'ai à peine dix-sept ans, je ne connais rien à la vie, jamais encore je n'ai embrassé une fille. Mon histoire, *De pierre en pierre*, relate cependant une idylle entre un journaliste débutant et une jeune modèle rencontrée lors d'une interview. J'ai envoyé le tapuscrit à une adresse que je pense prestigieuse, au hasard, après avoir cherché sous la rubrique “éditions littéraires” de l'annuaire téléphonique. Une réponse positive – et l'invitation de venir en discuter – m'est revenue assez vite. Une vieille secrétaire âgée, revêche, me demande ce que je veux. Je lui décline mon nom et celui du directeur littéraire qui me convoque. Elle me dit qu'il vient de sortir.

– Vous auriez même dû le croiser. Asseyez-vous là.

Je comprends. Je suis impardonnable de ne pas avoir reconnu cet écrivain qui s'est fait une place dans le monde éditorial, qui en dessine même certaines orientations en proposant à des critiques d'être lecteurs ou préfaciers. Mon enthousiasme disparaît au fil de l'attente. Seul sur cette chaise, j'ai plusieurs fois envie de m'enfuir. Je l'entends enfin revenir et s'enquérir auprès de son assistante de notre rendez-vous. Nous entrons dans son bureau, au désordre incroyable et encombré : dossiers, livres, manuscrits, notes, paquets à peine ouverts... Il désigne de sa main potelée l'unique fauteuil libre et je m'assois. Aux premiers mots, je sais que cette visite est devenue inutile.

– Les rapports de lecture sont bons, évidemment, mais c'est court, tellement court ! Comment voulez-vous que l'éditeur qui doit vendre...

Pourtant, j'avais compté les lignes et puis les mots que comptaient mes livres préférés... Le mien arrivait exactement au même nombre que *Un certain sourire* de Françoise Sagan. Je le lui fais remarquer, mais il déteste cet auteur. Il me demande d'exposer mes goûts littéraires et ne peut toujours cacher son désappointement.

– Quand vous aurez écrit le double de pages, revenez-nous voir !

Cette première humiliation, qui sera suivie de bien d'autres, me donnera pourtant le courage de poursuivre dans cette voie. J'ai saisi tout de suite et n'ai jamais oublié les raisons principales du refus. Après avoir étoffé mon texte, changé le titre en *La Passerelle*, j'obtins un rendez-vous dans une autre maison d'édition. Je connaissais l'œuvre de mon interlocutrice, avais lu ses derniers livres, potassé sa biographie et de plus, préparé les réponses espérées dans une conversation d'embauche. Même quand il fallut abandonner mes mains entre les siennes, sentir ses doigts sur mon poignet et mes bras, l'accepter qui m'étouffait contre elle, je subodorais tout de même que mon texte pouvait avoir quelque valeur.

Mes muscles sont contractés. La migraine ne me quitte pas et le sang me bat aux tempes comme si la maison était ébranlée par des coups de bélier.

Clarisse aurait pu en un tournemain me débarrasser de ce mal. Elle n'abusait pas de ce pouvoir mais quand j'arrivais chez elle la mine soucieuse, le bout de ses doigts savait les pressions qui dénouaient tous les problèmes. La brume de l'encens paressait en volutes au-dessus de nos têtes, la musique électrique était planante, les bougies mauves toujours allumées et je crois que c'est le seul lieu au monde où je parvins à faire le vide. Elle récitait mes poèmes dans des clubs littéraires ; parfois un ami guitariste improvisait à ses côtés. Je détestais ces soirées tant leur ton était tantôt emphatique, tantôt inspiré et énigmatique ; mais plus encore les louanges exagérées qui suivaient. Les parfums lourds des spectatrices âgées se mêlaient à leurs haleines vespérales : un seul verre de vin blanc et un canapé au fromage suffisaient à raviver des relents peu frais. Mais Clarisse arrivait à me récompenser avec une telle fougue de ma disponibilité que j'allai l'écouter de temps à autre, rehaussant la séance par cette “présence de l'auteur”. Elle fut la maîtresse qui succéda à mes deux premières femmes.

L'engourdissement me gagne, mais ces souvenirs accélèrent les battements de mon cœur et retardent ma plongée dans le sommeil. Je me sens orphelin et regrette que les portes matelassées me coupent du bruit des pas dans la cuisine, du cliquetis des griffes de la chienne sur un parquet, voire de la chasse d'eau d'une salle de bains. Orphelin ? Mon père était architecte et mourut deux ans avant ma mère. De leur éducation stricte, distante mais souriante, j'ai surtout retenu le sens du travail, de la rigueur et l'importance de la ténacité ; bien peu celui de la tendresse et de la dérision. Mes femmes ont comblé cette lacune au gré des rencontres.

À seize ans, j'envoyai mes premiers poèmes au producteur du programme culturel d'une grande station de radio nationale en signant d'un pseudonyme. Mes parents n'auraient pas accepté ma démarche : ils me voulaient universitaire, polytechnicien, énarque, mais pas poète ! "L'écriture est un métier de paresseux", m'avait dit mon père la seule fois où nous avons abordé franchement le sujet. Une fois pour toutes, il s'était forgé une idée déformée et extérieure de l'artiste désinvolte attendant l'inspiration au milieu des muses. Je pouvais les nommer toutes ces neufs filles de Zeus, mais ça ne l'impressionnait même pas. Aujourd'hui, Clio, Érato et Calliope – qui rime depuis mon enfance au collège avec "salope" ! – noircissent mes cases de mots croisés... Pour en revenir à mes poèmes, je reçus du producteur de l'émission radiophonique une lettre de félicitations, dans laquelle il m'indiquait l'heure et le jour où mes textes seraient lus sur antenne. Le trac me tordit le ventre ce soir-là. Face à mes parents, j'avais dû simuler une fatigue pour pouvoir me retirer seul dans ma chambre, que je pris soin de verrouiller. Je réglai au mieux l'écoute du transistor sans arriver à en neutraliser tous les parasites. Lorsque la voix grave détailla mes vers "... ruines... océan... chagrin...", l'émotion me submergea. S'agissait-il bien de moi ? Les félicitations à propos du lyrisme et de l'envolée romantique étaient destinées à "Henry Pierre", ce nom d'emprunt dont je ne me suis plus jamais servi par la suite. À présent, c'est comme s'il n'avait pas existé ! Comme les enregistreurs étaient rares, je n'ai pu garder aucune trace de ce moment de fébrilité, mais ne l'ai jamais regretté. En un sens, ce premier pas ne fut pas réussi et je ne l'évoque jamais. J'y vois une manière de rendre hommage à mon père. Je l'avais trahi par mon mensonge, mais à moitié seulement en modifiant mon identité.

Des évocations muettes m'alourdissent la mémoire. La salle aux bancs clairsemés d'une école de province, où un professeur de français m'avait invité à discourir d'un sujet que j'ai oublié. Le diplôme *honoris causa* remis avec solennité en présence de mon père à la mine grave au premier rang. La séance de signature sur les Champs-Élysées après mon premier succès de librairie : des visages grotesques se penchent sur mes mains qui tracent quelques lignes, que je tente vainement de personnaliser. L'interminable lettre que me laisse ma compagne enfuie et que je regarde brûler dans la cuisine. Le sentier dans la futaie. L'orage sur la mer. Les yeux fermés de…

IV

Je discute ce matin du goût de la confiture fraîche et des couleurs des nouvelles serviettes de bain. Peut-on imaginer la jouissance que j'éprouve à régir les détails ménagers ? Ces préoccupations me plongent dans le quotidien trivial, occultant enfin des années de réflexions métaphysiques et de compromissions qui justifiaient ma quête. Avec l'âge, je suis devenu frileux. Malgré la température ambiante, je réclame un plaid pour couvrir mes genoux et mes jambes. Enfoncé dans un fauteuil de rotin, les lunettes de soleil sur le nez, j'observe avec paresse les fleurs roses de la bougainvillée et celles du laurier, qui lui répondent, et les quatre palmiers qui délimitent la véranda. À l'extérieur pendent des pampres, des feuilles de glycines, de vignes blanches et de capucines. Et toujours ces pétunias veloutés et embaumés.

Seules quelques saisons d'été d'adolescence furent le théâtre timide d'un peu d'activité sportive. Je privilégiais déjà les exercices de l'esprit, malgré le "*mens sana in corpore sano*" ; tout au plus tentai-je, à cause d'une réflexion d'un mauvais camarade, la musculation des bras avec de petits haltères. Je me revois trébucher lors d'une course de fond autour d'un stade de football, j'entends encore les rires peu charitables. Finalement, la natation me parut le seul exercice possible, même si l'eau était toujours trop froide. Je renonçai donc à participer, *a fortiori* à briller, dans ces disciplines du corps, et, dès lors, elles me parurent ordinaires. Les écrivains qui les glorifiaient devinrent suspects à mes yeux et je renonçai à relire les *Olympiques* de Henry de Montherlant.

– Salomé ?

Il me semblait l'avoir aperçue dans le reflet d'une vitre.

– Salomé ?

Elle ouvre la porte de fer et de verre, qui grince comme d'habitude. Ce bruit familier est celui de ma geôle qui me libère.

– Oui, Maître ? Je suis là...

Elle cache des documents derrière son dos.

– Occupée ? Je te dérange.

– Non ! Quelle idée !

– Que fais-tu ? Tu travailles ?

– Pendant que vous vous reposez, je poursuis mes investigations dans la bibliothèque. J'adore ! Mais si vous voulez que je vous tienne compagnie... ?

– J'aimerais.

Je lui demande si ces premières semaines de cohabitation lui ont plu et lui inspirent quelque réflexion. Elle reste évasive et son regard ne s'éclaire qu'à l'évocation des livres. Je reconnais la lueur si longtemps perçue dans mon miroir et aujourd'hui disparue. Elle aborde le thème des mots croisés qu'un auteur a appelé un jour un “verbicruciste”, qui forge les grilles des mots croisés, précise-t-elle.

– Tu continues à travailler, lui dis-je en montrant les feuilles.

Ce n'est pas une question. Elle acquiesce mais ne semble pas disposée à me montrer quoi que ce soit. J'insiste.

– Maître ! Je m'en voudrais de vous en parler !

– Cela t'honore ; mais c'est trop tard.

D'un air contrit, elle me tend une des feuilles. Restée à la lettre "A", elle s'engage dans la découverte de mes annotations au cours des lectures d'Alain. Salomé a inscrit dans un coin le vrai nom et les années de naissance et de mort du philosophe :

"Émile Chartier (1868-1951)"

Elle n'a pas mentionné ou pas encore retrouvé la réflexion dans *Propos sur le bonheur* au chapitre de "Notre avenir" : "Nos fautes périssent avant nous ; ne les gardons point en momies." Voilà bien une des phrases qui absolvent tout un pan de vie et permettent de ne pas s'embarrasser de remords. Mon existence actuelle ne serait pas possible sans cette conviction. L'hypocrisie fut sans doute la pire des fautes, mais comment fallait-il procéder dans ce monde-là ?

L'éditeur qui m'employa comme critique littéraire m'avait remis la liste des auteurs proches de la maison. La plupart d'entre eux siégeaient aussi dans les cercles qui m'accueillaient. J'essayais de lire et d'analyser d'autres livres, mais en priorité ceux qui étaient accompagnés d'un mot laudatif et d'un avantage. J'emmenais alors mes femmes en voyage dans ces hôtels où je ne payais pas la note. Ces amours vénales ne m'ont cependant jamais attiré : je ne parvenais pas à faire abstraction de la situation apitoyante de la partenaire professionnelle. Les autres écrivains, artistes, journalistes qui étaient de la partie pouvaient compter sur ma discrétion… en échange de leur propre bienveillance. Ce fut surtout ma seconde compagne, Marie-Laure, qui bénéficia de ces cadeaux : à cette époque il me fallait combler le passage à vide créatif qui m'était tombé dessus. Ce double jeu courant mais dangereux exigea la discrétion et un dosage subtil des lignes consacrées à des intrus. Marie-Laure, à qui je parlais peu du pourquoi des choses, se plut dans ces escapades. C'est lors d'un de ces voyages qu'elle rencontra l'homme qui me la ravit. Un écrivain québécois qui lui fit définitivement traverser l'Atlantique. Depuis lors, je supporte mal l'accent de Montréal.

– Je ne connais pas ses livres, déclare Salomé, mais je trouve juste et drôle ce que avez coché dans *Propos sur l'esthétique* et que vous avez coché de trois croix – plutôt rare ! : “Je plains ceux qui ont l'air intelligent ; c'est une promesse qu'on ne peut pas tenir.”

Je n'aime pas mon aspect physique. C'est simple et je peux en partie l'expliquer. Je suis très éloigné des modèles musclés et virils, mon visage est régulier mais les rides précoces m'ont donné trop vite un âge que je n'avais pas encore atteint. Seul mon regard pers échappe à ma rancune, grâce à ses chatoiements bleus et verts que je croise lors du rasage obligé dans la salle de bains. Mais à force d'avoir entendu de la bouche des femmes qui voulaient me séduire que “j'avais du charme”, j'ai compris très vite que cela devait aussi se traduire par “vous n'êtes pas beau”. Je meurs d'envie de demander à Salomé si elle se trouve belle.

– Vous n'avez jamais cessé d'étudier, Maître ?

Je ne réponds pas et elle se rend compte de son impair. Elle est en train de transgresser la règle que je m'impose. Elle se fait silencieuse.

"L'Ennéade" était le nom qui convenait le mieux à notre association : neuf auteurs – pas de femmes ! – issus de la même génération. Le chiffre neuf à cause des muses, mais aussi des dieux fondateurs du monde dans la mythologie égyptienne.

– C'est toute la cosmologie d'Héliopolis, nous expliqua l'un des fondateurs lors de nos premières réunions. Neuf est le chiffre de la création originelle et celui de la rédemption. Celui qui retrouve le message des neuf divinités devient un Homme total, un Homme aux dimensions de l'univers.

C'était plus qu'il ne nous en fallait ! Qu'importe le nom de Atoum, la vibration, de Shou et de Tefnout, de Geb, de Nout... Nous voulions seulement faire référence à ces dieux qui formèrent la grande Ennéade. L'éventail de notre production était varié, dans le style et dans sa source d'inspiration et malgré cela, quelque chose d'indéfinissable nous unissait. J'ai longtemps cru, comme les observateurs de la vie littéraire, qu'il s'agissait de l'émergence d'un génie commun, dans le sens que lui accordait Corneille : l'ensemble des caractères distinctifs qui forment la nature propre d'une réalité, son originalité, son individualité. J'ai vite déchanté et je pense que c'était plus exactement une ambition commune de se faire lire. Au fil des séances dans ce salon d'un haut-lieu de la gastronomie, les dissensions se firent jour, puis les inimitiés, enfin les haines et seule la bonne chère nous rassemblait encore. Mais l'Ennéade était devenue connue du grand public. Elle demeure de nos jours une référence. Si les profanes n'ont retenu que les noms des auteurs les plus marquants, la référence à ce mouvement artistique est synonyme du renouvellement d'une époque. Il avait bénéficié du voisinage de rassemblements parallèles dans d'autres disciplines artistiques, et comme nous étions dans l'air du temps, la vente de nos livres se multiplia (ainsi que les pourcentages accordés par nos éditeurs !). Nos œuvres devenaient décisives dans les rentrées littéraires, notre présence aux salons internationaux âprement monnayée, et la notoriété escorta la plupart d'entre nous. Je fus le plus chanceux et ne comptais plus mes ennemis.

Ce succès m'arriva quelques mois après ma première séparation ; Charlotte ne voulut pas de divorce. Elle s'était engagée dans notre vie commune avec de la bonne volonté. J'aimais sa naïveté. Elle me trouvait du talent, sans en chercher d'explication logique ; mais parce qu'elle m'aimait.

– Ses poèmes sont sublimes ! répétait-elle à notre entourage.

Je refusais de les montrer, prétextant une correction à venir. La vérité est qu'ainsi mis en valeur, ils perdaient la séduction de la découverte. Dans un monde peu spontané, Charlotte détonnait par sa franchise. Cela m'irrita souvent, car j'étais alors obligé de minimiser l'intérêt de mes textes, que j'aurais voulu au contraire mettre en avant. Je n'ai pas osé avouer à Charlotte ma déception lorsque sa beauté naturelle a commencé à évoluer vers une apparence plus maniérée. J'aurais pu sauver, à tout le moins reculer, l'échéance de notre brouille, mais des détails – comme toujours – ont envenimé notre entente et la magie n'opérait plus. Si l'un des deux ne suit pas au plus près l'évolution de la croissance de l'autre, ils perdent tous deux pied et se noient : soit aucune main n'est tendue de la berge, soit elle est trop éloignée ; soit les doigts se déplient trop tardivement. J'avais aimé Charlotte pour ses tout premiers encouragements, je la prisai bien moins pour ses reproches, même et surtout justifiés. Elle redoutait mes choix et mes concessions.

– Tu ne devrais pas faire confiance à cet éditeur. Il ne me paraît pas sympathique.

– Sympathique ? Mais Charlotte on ne demande pas cette qualité à un éditeur, mais par exemple d'être efficace.

– Tu ne joues plus sur l'intuition ? Même pas la mienne ? Celle qui t'a toujours conforté ?

Les mensonges écornèrent l'harmonie comme des taches d'encre sur le papier.

Lorsque j'ai appris à écrire, nous avions encore des encriers de porcelaine blanche encastrés dans les bancs de bois ridés. Un bon élève, muni d'une grande bouteille noire rehaussée d'un embout, pouvait les remplir. Et nos porte-plumes tictaquaient dans le fond du récipient au risque de déformer la double pointe. Une bouffée de nostalgie m'envahit chaque fois que je revois mes doigts maculés d'encre et les premiers jambages du “m”, du “n”, du “u” calligraphiés sur le cahier ligné.

À partir de l'écriture, mes œuvres sont nées. Cependant, tandis que je cherchais des inspirations lointaines, exotiques, fabuleuses, je retrouvais toujours la substance de ma propre existence : les rencontres, les moments vécus ou fantasmés, les lieux parcourus. C'est encore Alain qui soutint cette évidence dans *Système des beaux-arts* : “Aucun possible n'est beau ; le réel seul est beau”. Ou encore : “Désordre dans le corps, erreur dans l'esprit, l'un nourrissant l'autre, voilà le réel de l'imagination”.

Les grilles de mots croisés sont rangées dans une caissette de balsa, avec des effaceurs, des crayons, des gommes, des recharges de stylos à bille.

Dans le mot de six lettres, j'ai deux "i", en deuxième et cinquième cases. La définition "Il floua les Indiens pour 24 dollars" n'est qu'une variante de bien d'autres : Manhattan, Nouvelle-Amsterdam, le prénom Peter, voire l'astucieux "Hollandais volant". Il s'agit bien du Hollandais Peter Minuit qui acheta en 1626 pour cette somme l'île de Manhattan. Le "m" me permet de compléter le trois vertical : "micocoulier", arbre à bois dur et de ce mot, le "c" peut être complété par "cabrage", soit "l'avion qui fait le cheval" ! Mon soupir de satisfaction attire Tikal qui s'approche et pose son museau sur mes genoux. Je lui flatte le cou en lui murmurant son nom suivi de quelques mots de tendresse. Elle apprécie en baissant les paupières et en remuant la queue, signes instinctifs de contentement.

V

Je ne me suis jamais servi d'un ordinateur. Son emploi s'est bien répandu et a facilité l'écriture en chambre bien après ma retraite volontaire. Je suis donc ébahi quand je surprends Salomé recopiant des notes sur son portable. En tant qu'homme de l'écrit, l'image me fascine même si elle me paraît plus superficielle. Bien sûr, je retranscrivais mes textes à l'aide d'une machine à écrire (Une "machine" à écrire ! Cela dit bien ce que cela veut dire !) : cela me permettait d'y apporter de nouvelles corrections. Mais le passage de l'abstrait au concret ne doit-il pas se faire uniquement par le corps, par la main ? N'est-ce point la façon la plus naturelle de faire ? Que l'on écrive vite, mal, en appuyant, avec une marge, en bleu ou vert… peu importe, du moment que le mouvement est précisément adapté au propos.

– J'écris aussi vite, parfois plus vite, qu'à la main ! commente Salomé. Et voyez les corrections… quelle facilité !

À l'aide d'une touche, elle recule dans le texte qui s'efface. Comme je ne dis rien, elle s'enhardit.

– Il y a plein d'autres progrès : regardez, si vous voulez changer un nom dans un texte et le remplacer partout, vous cliquez sur "Rechercher" et…

– "Cliquer" ?

– Oui, avec la souris !

Le mot "cliquer" date du début du XIVe siècle ! j'entends ensuite "double-cliquer"… et je ne veux pas en entendre plus. Je jette un œil sur la phrase "encodée" par Salomé :

"La poésie, qui n'a jamais su exprimer le bonheur comme elle exprime la douleur." (Lamartine, *Nouvelles méditations*, "Commentaires au chant d'amour").

Ce constat de carence des poètes me sidère. Je sais des poésies heureuses. Elles sont rares mais sont-elles moins belles que les autres ? Il me souvient d'instants où la soudaineté de cet état d'exception jeta des mots simples, d'une évidente exaltation sur le papier. Ces moments sont aussi d'oubli, on ne garde que l'ineffable présent, que l'envahissement de l'âme, que le choc d'un enfièvrement.

Des jaillissements de lumière
Dans l'âme
Ou dans le relief de ta pupille
Ou traversant l'univers
Des beautés minérales.
L'enchantement
Est affaire de patience
Alors que vers minuit
Toutes les vies renaissent.

Clarisse saluait sous les applaudissements de l'assistance qui s'était spontanément levée. Avec une humilité malicieuse, elle fit un geste d'apaisement, prononça mon nom et me força à me lever pour me retourner vers la salle. Je détestais ces instants-là. On m'entourait, on me parlait, on sollicitait une dédicace sur la page de garde de mes recueils. Je dus prendre la pose pour des photos, les flashes jetaient des éclairs sur le papier satiné. Clarisse et moi nous nous étions réservé l'après-midi : elle me sourit, comme une promesse à nos ébats.

Comme je vois rarement José, qui préfère son petit royaume de la cuisine et des communs, c'est donc Éva, sa femme, qui sert de trait d'union entre nos deux univers. Mais aujourd'hui, elle n'est pas d'aplomb et José s'est décidé à passer une chemise blanche et un gilet rayé, qui lui vont moins bien que son sempiternel polo vert bouteille. Il est excellent cuisinier et a appris son métier sur des paquebots navigant entre l'Amérique centrale, l'Asie et l'Europe. Je devine sa nostalgie certains soirs, quand des bribes de chansons s'échappent des vasistas de l'arrière-cuisine où il range la vaisselle. J'ignore ses passe-temps, je suppose qu'il lit de la première à la dernière page les journaux de son pays, auxquels je l'ai abonné.

Caché derrière sa moustache, il me propose le menu ; je lui souris mais ne dois attendre de lui aucun signe en retour. Je n'ai guère croisé d'humains qui laissent aussi peu deviner sur eux-mêmes. Un soir, alors que je cherchais à boire, je l'ai surpris à pétrir la pâte à pain. Son visage était étrange, presque illuminé. Cet acte semblait lui donner une félicité d'autant plus exceptionnelle s'agissant de lui. Il semblait malaxer une chair de femme, des seins, des fesses et leur flanquer de petites gifles sensuelles et qui claquaient en tout cas de la même manière. Je fis demi-tour sans me manifester.

Je veux déranger Salomé, la distraire de son travail et la fais appeler. Je lui décris le menu : un cabillaud à la royale, farci de petites crevettes grises, accompagné de champignons blonds et d'une purée de pommes de terre. Je sais qu'il surmontera le plat d'une pluche de céleri frit. J'évoque la peluche, si proche de pluche, le flocon d'étoffe. Ah, l'ours en peluche de notre première enfance !

– Bien sûr que j'en ai eu un ! réplique Salomé. Il était destiné au garçon que mes parents espéraient, mais je l'ai tout de même adopté. C'est un des chats qui me l'a éventré une nuit. Je l'ai regretté mais aussitôt remplacé par des poupées.

– Comme si tu endossais vraiment ta personnalité féminine en quelque sorte ?

– Sans doute, je ne sais pas !

Elle a les pieds nus et a verni ses ongles de carmin foncé, quasi noir.

– Tu aimes manger ?

Elle penche la tête sur le côté.

– Que voulez-vous dire ?

– Oui, aimes-tu savourer un aliment ? Apprécies-tu les plats raffinés, plus recherchés, qui font preuve d'imagination, de surprise ?

– Oui. J'aime les bonnes choses, oui !

J'insiste.

– Mais ?

– Je mange pour me nourrir.

Le rendez-vous (Salomé tait le nom de celui qu'elle rencontrait) avait été fixé à la *Cafetteria del Corso*, à l'angle du corso Vittorio Emmanuele et de la piazza Mattéotti. La place est célèbre pour ses deux horloges : l'une avec l'aiguille des heures et l'autre celle des minutes. Au-dessus d'une troisième horloge se dresse un campanile pourvu d'une cloche. Le crépuscule descendait doucement, annoncé par les lanternes allumées devant les boutiques. De rares mouvements de l'air semblaient éponger les fronts. En croisant des adolescents boudeurs et de sculpturales fausses blondes, ils rejoignirent dans une ruelle à deux pas la Locanda del 800. Les *ravioli burro e salvia*, le *pollo alla peperonata*, arrosés du *vino nobile di Montepulciano* lui paraissent encore aujourd'hui une nourriture céleste !

Mais sait-on si les sens n'ont pas exacerbé l'appréciation de son repas, si le bonheur n'avait pas sensibilisé plus que d'ordinaire ses papilles ? Je me rappelle la phrase d'Aloysius Bertrand au début de *Gaspard de la nuit* : "Nous avons tous dans le passé un jour de bonheur qui nous désenchante l'avenir."

J'ai appris à me délecter du blanc de l'œuf à la coque qu'on retire avec la petite cuillère dans la partie supérieure cisaillée ; à croquer avec gourmandise le dernier morceau de biscuit enduit d'une crème glacée ; à goûter aussi, par le parfum qui passe des narines au fond de la gorge, le moindre safran, le basilic délicat, le soupçon d'hysope qui fait la succulence d'un plat.

Je décide de faire une sieste dans le grand salon, allongé sous une couverture de laine, la cheville sur un tabouret de cuir fauve et la nuque sur un coussin de plume. Si mes bureaux ont été le lieu idéal pour écrire – ils me permettaient d'avoir à portée de la main tous les instruments utiles à ma passion : des gommes jusqu'aux dictionnaires les plus complets –, j'ai souvent composé dans le silence des salons. Leur solitude est la plupart du temps peuplée d'ombres inspiratrices.

Il me fallait terminer un roman pour la fin juin et j'aurais pu profiter du calme relatif de la ville, au moment des examens scolaires, mais mon environnement ne me stimulait pas. Alors que Marie-Laure aimait les voyages et le dépaysement, elle accueillit avec peu d'empressement la décision de passer deux mois dans une maison louée à la campagne. La résidence datait du XVIIIe siècle. J'adorais le rez-de-chaussée en grande partie voûté et les échappées lumineuses vers les champs de blé. Des anneaux et des chaînes rouillés sur le sol tacheté de soleil me confirmaient qu'on y avait élevé du bétail. Un seul chemin aux ornières sablonneuses y menait, entre du chèvrefeuille, des chardons, de la lavande et des genêts. Je jetai mon dévolu sur un salon du premier étage et passai du divan au fauteuil de rotin avant de m'asseoir derrière le secrétaire. Le fauteuil ancien possédait huit pattes d'osier, dont quatre en hauteur formant les accoudoirs. En ai-je rencontré d'aussi confortables depuis ? Marie-Laure avait souvent ce regard réprobateur vers l'annulaire sans alliance. Je l'avais fait disparaître avec Charlotte et ne voulais en aucun cas renouer avec cette tradition. D'ailleurs, mes doigts enflaient ! L'inaction actuelle m'aurait sûrement obligé à la faire scier sur la main même par un joaillier.

C'est en écrivant *La Camarilla* que j'ai pressenti qu'après les turbulences de ma vie littéraire, je trouverai la tranquillité d'une façon ou d'une autre : par la mort, la maladie ou la solitude. La porte de ce bureau provisoire, peinte en bleu, se fermait avec un grincement sinistre. Le personnage bouffi et sévère d'une peinture à huile semblait mourir à chaque fois et retourner au néant. Alors mon regard dérivait par la fenêtre sur les tuiles rondes, ocres, moussues et le petit toit décoratif dressé sur des colonnades. Il parachevait jadis le corps du bâtiment voisin en ruine. Jamais pendant ces deux mois je n'ai perdu le fil du texte : à chaque plongée dans le roman, l'histoire me revenait d'un seul coup et la suite était esquissée dans mon inconscient. Marie-Laure comprit que l'amour avec elle, nos conversations, nos échanges, nos regards, n'étaient en somme que des intermèdes. Elle eut du mal à l'accepter.

Je déteste être réveillé par mes propres ronflements. Mon cœur semble battre plus vite et je ne veux pas voir ce renflement qui s'agite comme le pouls à gauche de ma poitrine. Ce ne sont peut-être que des extrasystoles. Je me force au calme et me fais apporter un thé et ma pipe. Je réfléchis, le regard perdu dans les torsades parfumées. Chaque bouffée provoque un rougeoiement passager dans le fourneau. Je bois et repose la tasse, satisfait de la saveur. Même Tikal offre sa fourrure aux caresses de ma main qui pend par-dessus l'accoudoir. C'est exactement de cette manière que je veux vivre. Le reste n'est que… littérature ! Voyons… c'est de ? de Verlaine ! Dans *Art poétique*. Vais-je me souvenir des vers ? C'était “Jadis et naguère” :

De la musique avant toute chose…

Et plus loin :

Que ton vers soit la bonne aventure
Éparse au vent crispé du matin
Qui va fleurant la menthe et le thym…
Et tout le reste est littérature.

Bravo Paul !

Salomé passe la tête et me cherche un moment des yeux, gênée dans cette pénombre par le contraste avec l'extérieur ensoleillé. C'est un filet de fumée qui me localise.

Elle repart et referme la porte avec précaution. Je songe alors à son intrusion dans ce microcosme destiné à mon unique confort, pour ma fin de parcours. (Seule ma cheville me tourmente parfois, alors que je connais tant de mes contemporains – même parmi ceux qui m'étaient les plus proches – minés par des maladies aux noms terrifiants.) J'ai désiré parfaire mon éden par une telle présence, innocente et décalée. Je n'avais pas prévu l'intérêt de cette élue pour les livres de la bibliothèque, me fiant à son titre universitaire de "femme de science". Mais était-ce rédhibitoire ? Je sais que quelque chose a changé, mais je peux encore circonscrire l'incendie à cette seule dérogation à mon projet. Que cette intervention fasse remonter à la surface des fragments de l'autre vie, soit ! Je m'en servirai pour me rendre encore mieux compte du bonheur auquel j'accède et pour l'immuniser.

Comme pour confirmer cette résolution, j'entreprends la lecture des définitions horizontales d'une nouvelle grille de mots croisés. J'ai tout mon temps. Je ne me presse pas. Le premier mot est composé de neuf lettres. La définition est : "Il protège l'équidé agressif".

Je suçote le bout d'ébonite coincé entre mes dents. Le mot "agressif" me renvoie aux disputes.

Charlotte avait pris l'habitude d'élever la voix lorsqu'elle trouvait mon attitude trop flegmatique. Parfois aussi elle me désapprouvait de consacrer trop de temps aux mondanités indispensables à la création : les interviews des journalistes, les conversations dans les cercles, la lecture de textes, les repas au restaurant. Elle cuisinait peu et mal. Je ne lui en fis jamais le reproche, mais elle-même s'en faisait et cela rejaillissait sur nous. Il fallait bien retrouver nos relations aux meilleures tables de la ville. Il lui arrivait de désavouer le sens même de ma vie :

cette écriture qui me tenait éveillé la nuit en de superbes insomnies inventives, qui dès l'aube m'isolait dans le bureau en d'interminables heures de ratures, de doutes, de modifications, de retouches jamais finales, qui me vidait le regard en pleine conversation pour suivre l'imaginaire dans une autre sphère. Je ne l'aimais sans doute pas assez, pas assez bien. Elle était née très riche, et vivre avec moi cette montée pourtant rapide du succès professionnel ne l'émerveillait pas autant que moi. Bien avant moi, et pour d'autres raisons, elle en avait compris toute l'inanité. Elle se mit à boire, peut-être plus pour me punir que pour se détruire elle-même. Elle réussit sur les deux tableaux.

Je relis la définition. L'équidé sera sans doute le cheval. Il protège le cheval agressif, c'est sans doute un objet. Je laisse et lis la seconde définition du 1 horizontal qui correspond à un petit mot de trois lettres : “Suit le négus”. Il s'agit de “ras”, souvent rencontré dans des définitions similaires. Négus est le titre de la plus haute dignité éthiopienne et “ras” celui qui suit immédiatement.

Plusieurs ministres, dont ceux de la culture, me remirent des insignes, des médailles et autres croix, plaquettes, rubans, rosettes. À chaque fois, des erreurs sur ma biographie et ma bibliographie émaillaient leurs discours, mal préparés par des conseillers. Chaque cérémonie m'ennuyait un peu plus, c'est pourtant à l'une d'entre elles que je rencontrai Marie-Laure.

Agressif, c'est sans doute en guerre ? Oui, je me souviens de cette pièce d'armure qu'on place sur le museau du cheval caparaçonné, c'est sans doute la solution, mais quel est le mot déjà qui désigne cet objet qui date du

Moyen Âge et de la chevalerie ? Il est question de chanson ? C'est un moyen mnémotechnique que j'ai développé. De refrain. J'y suis : le chanfrein. Neuf lettres, le compte y est ! Je note une à une les lettres à l'encre bleue pour le contraste avec le noir de la grille. Je m'octroie la récompense de rallumer ma pipe avec une longue allumette que l'on destine aux cigares de prix

VI

Le galop bleu des souvenances
Traverse le lilas de tes yeux.

Je reconnais Apollinaire, sans doute dans *Calligrammes,* et puis *Alcools* avec ce célèbre vers :

Mon verre s'est brisé comme un éclat de rire.

Salomé en est toujours à la première lettre de l'alphabet et je pense qu'elle se rend compte de l'ampleur de la tâche qu'elle s'est assignée. Elle n'en laisse rien paraître. Ce matin, elle est vêtue d'un pantalon et d'une chemise boutonnée mauves. Nous bavardons au bord du jardin qui descend en face du manoir vers l'étang. Il fait doux et le bourdonnement des insectes est divin. Pour le bonheur de Tikal, je retrouve les gestes d'envoyer une balle et de lui flatter le dos. J'ai douté un moment. Comment savoir si je glissais vers l'enfer en m'accrochant aux racines, qui cèdent les unes après les autres comme des rémissions avant l'anéantissement final dans le fond du ravin, ou si au contraire je m'élevais dans la nacelle d'une montgolfière en jetant sans regret du lest. Ce matin, je sais et qu'une personne innocente comme Salomé puisse contempler ma félicité ajoute à sa plénitude.

– Aimes-tu cet endroit, Salomé ? dis-je pour rompre le silence.

– Oh oui ! Le parc me plaît beaucoup. J'aime aussi l'intérieur du château : les salons, les couloirs, la bibliothèque… et pas seulement pour les livres, ajoute-t-elle en me regardant avec un sourire désarmant. Je l'adore pour l'agencement des rayons, les teintes des reliures anciennes, l'odeur du papier, du carton, du cuir et du bois ciré…

– Quel enthousiasme, Salomé !

– Mais je suis sincère, Maître ! J'ai beaucoup de chance de pouvoir vivre ici quelque temps.

– Le temps que tu voudras !

Au-delà de la jeune frondaison des châtaigniers et des arbres noueux, j'entends le hennissement des chevaux du haras voisin. Une toux proche me fait sursauter. Laurent, le jardinier, a les bras encombrés d'un énorme bouquet de roses-thé.

– Puis-je me permettre ? dit-il en m'indiquant ma jeune compagne.

J'acquiesce, l'œil amusé, et le vois se pencher vers Salomé qui ne sait trop comment prendre ce geste ni y répondre. Laurent s'en retourne d'un pas décidé vers la gauche du manoir, où s'étendent le potager et le jardin d'herbes.

– Je vais les mettre dans un vase, dit Salomé en se levant et en s'éloignant à son tour.

Je ferme les yeux et me laisse envahir par une torpeur délicieuse.

Robert faisait beaucoup rire Marie-Laure. Je ne comprenais pas toujours tout ce qu'il disait à cause de son accent québécois, mais je pouvais donner l'illusion de suivre sa conversation animée. Il avait fait de son exubérance un atout dans son métier d'agent artistique. Il racontait avec drôlerie l'envers du décor : les caprices des chanteurs, les erreurs techniques qui transformaient sur scène leurs prestations en cauchemars. Où qu'il se trouvât, il réglait ses affaires en deux mots, par téléphone, comme les boursiers. On passa plusieurs soirées en sa compagnie, et, un soir qu'il avait trop bu – il chantait à tue-tête du Félix Leclerc –, nous l'avons installé tant bien que mal dans une chambre d'amis. Se levant durant la nuit, il se trompa de porte et fit une chute spectaculaire dans l'escalier. Marie-Laure joua à l'infirmière. Elle montra son savoir-faire comme si elle avait suivi quelque cours en ce domaine. Elle m'avoua, alors qu'elle me quittait pour traverser avec lui les océans jusqu'en Amérique, que c'est ce jour-là qu'ils s'embrassèrent et pensèrent à se revoir en secret.

J'ai accepté la rédaction de chroniques hebdomadaires pour compenser cette trahison. Je me vengeai de mon infortune sur mes semblables, en vilipendant leurs travers et leurs lâchetés, d'une plume que mes amis trouvèrent caustique ou ironique et que les autres qualifièrent d'acerbe. Le succès fut au rendez-vous et les anthologies de ces textes furent parmi mes meilleures ventes. Je sais trop bien maintenant à quoi tiennent la plupart des lauriers.

Je me suis endormi. L'ombre du parasol s'est déplacée. Quelqu'un est venu déposer un seau à champagne où rafraîchissent des bouteilles d'eau et un choix de sirops : cassis, grenadine, menthe, melon. Pas de glaçons, car je n'aime pas que les choses soient délayées : j'en préfère l'intensité. Depuis ma retraite, j'ai aussi fait de curieuses découvertes, comme celle des goûts que je pensais détester depuis ma petite enfance : la tomate, l'ail ou l'olive, par exemple. Je les savoure à présent, et dans des préparations variées, avec un plaisir d'autant plus vif.

Salomé est assise près de moi. J'ai l'impression étrange de la découvrir autrement. Ses cheveux étaient-ils coiffés de cette manière avant qu'elle ne s'en aille déposer les fleurs dans sa chambre ? Je n'ose lui demander.

– Un verre de grenadine, Maître ?

Lors des excursions scolaires, le car s'arrêtait à mi-chemin et le chauffeur sortait des coffres latéraux des bacs de bouteilles de grenadine. Et il se trouvait toujours un camarade de classe déluré pour débusquer dans les buissons un petit animal terrorisé. Il semble qu'à l'époque, nos parents nous inculquaient bien moins le respect de la vie, animale et végétale. On capturait les oiseaux pour les mettre en cage, les mouches pour les emprisonner dans de minuscules prisons : des épingles entre deux bouchons de liège. Personne ne sauvait des hérissons aveugles ou des grenouilles éloignées de leurs mares. La grenadine fut supplantée par le Coca-Cola. Mais c'était la boisson que me servait ma grand-mère après avoir raconté à ma demande pour la centième fois "l'histoire de la Carte". Le déroulement du conte et sa morale m'échappent maintenant, mais je me rappelle que les chercheurs de trésors avaient des outils, pelles, pioches, bêches... en verre ! et ne pouvaient pas creuser vraiment. J'étais terrorisé et fasciné par ce détail, qui me revenait souvent dans les cauchemars de mes nuits de fièvre.

Il me revient des réflexions de Guillaume Apollinaire dans *L'Esprit nouveau et les poètes* (il est vrai qu'il est mort en 1918 et qu'il ne pouvait deviner, quoique poète et donc visionnaire, le progrès technique qui nous est tombé dessus) : "L'on peut prévoir le jour où, le phonographe et le cinéma étant devenus les seules formes d'expression en usage, les poètes auront une liberté inconnue jusqu'à présent." Nous avons le pouvoir fou de la création, c'est vrai, mais nous sommes dépassés dans la communication par tous les autres véhicules artistiques. Tous ! De l'essai et de l'opéra jusqu'à la chanson ! Nous pouvons écrire pour nous, pour nous exprimer et nous réaliser. C'est à cela que nous nous résolvons. J'en avais fait un credo : une manière confortable de s'en sortir. Seulement, la création doit être appréciée par quelqu'un d'autre, une personne, dix, cent ou des millions d'autres. Le vertige me prend lorsque j'apprends le tirage de certains livres traduits dans les langues universelles, les records de ventes de certains disques ! Apollinaire parlait de la poésie dans un sens large ; les cinéastes sont poètes comme les écrivains. "Les fables s'étant pour la plupart réalisées et au-delà, c'est au poète d'en imaginer de nouvelles, que les inventeurs puissent à leur tour réaliser." Nous sommes tous des poètes !

– Je retrouve une atmosphère que j'ai parfois connue à l'autre bout du monde, dit tout à coup Salomé d'une voix douce.

– Explique-moi ?

– Il est des moments où tout est entre parenthèses sauf l'essentiel : le présent. Je l'ai vécu un matin au Sénégal, mais aussi lors d'un crépuscule au Sri Lanka, par exemple.

– Tu voyageais seule ?

– Rarement. J'aime partager, même en silence. Lorsque nous sommes deux, ou quand mes parents, pas souvent ensemble d'ailleurs, m'accompagnaient, je me sentais moins responsable et donc plus à même de jouir de la découverte.

– Je comprends, dis-je.

– Votre parc apporte une allégresse – vous qui aimez les mots…

Elle hésite à poursuivre sur ce terrain qu'elle sait délicat. Mais se décide toutefois.

– J'aime bien le mot allégresse. *Allegria* en portugais veut dire "bonheur" déjà empreint de *saudade*, "nostalgie", parce qu'on le sait éphémère.

Je trouve de la maturité dans ces réflexions. "Jamais nous ne goûtons de parfaite allégresse : nos plus heureux succès sont mêlés de tristesse" (Corneille, acte III du *Cid)*. Le littéraire que je suis ne peut s'empêcher de citer un auteur ! Je crains de ne pouvoir complètement me libérer de cette manie.

– Tu me fais plaisir, Salomé. J'ai pensé ces lieux pour que s'évanouisse l'insupportable, pour qu'il existe au-delà de ces murs. C'est un paradis personnel, à ma mesure – ma démesure peut-être ? – et que tu le ressentes ainsi me fait – oui vraiment ! – plaisir !

Me voilà donc vieil Adam occupé à faire visiter le jardin à une Ève nouvelle. Mais la comparaison s'arrête là. Je mets ce brin d'euphorie sur le compte de la coïncidence de l'ensoleillement de la saison, de la quiétude perceptible au sein du jardin et surtout du superbe bouquet de roses jaunes apporté par Laurent, à ma discrète demande. Le résultat est à la mesure de mon attente. Cette grande jeune fille vêtue de mauve m'éclabousse de son sourire !

– Merci, Maître ! dit-elle en s'éloignant.

J'ai toujours aimé offrir des fleurs, plus que tout autre cadeau. Je ne suivais aucun mode d'emploi, ne recherchais aucune couleur symbolique, je me fiais à mon intuition en faisant livrer pour l'une d'éclatantes amaryllis, pour l'autre des volubilis à fleurs violettes. Leurs noms m'ont amusé : les immortelles pour les académiciens, avec lesquelles on compose des bouquets séchés ; les impatientes qui s'ouvrent brusquement lorsqu'on les touche pour les auteurs ambitieux. J'ai cherché aussi la belle-de-jour aux fleurs roses et la belle-de-nuit, aussi appelée mirabilis, merveilleuse, aux grandes fleurs tropicales qui éclosent à la tombée de la nuit. J'ai admiré Claude Monet de s'être retiré dans son jardin de Giverny pour y donner des variations à son tableau les *Nymphéas.*

Le battant n'a heurté la cloche que deux petites fois. Ce tintement signale que le repas est prêt. J'aime ce son cristallin et furtif et l'écho qui s'enfuit dans le parc.

– Éva prétend que vous vouliez un déjeuner léger, dit Salomé.
– Je ne sais pas…
– Vous avez eu raison, ajoute-t-elle.

Elle m'offre son bras nu et nous parcourons en silence les quelques dizaines de mètres nous séparant de l'entrée de la maison. Les fenêtres à croisillons de la salle à manger sont ouvertes : la température est idéale pour un repas estival. Nous nous installons en vis-à-vis et Salomé nous sert. Dans une carafe, une eau légèrement colorée, où trempent des rondelles de citron.

Telle est donc ma vie, celle que je désirais, faite d'incompréhensions, d'erreurs, de besoins et de satisfactions. Le trajet ordinaire que j'ai pu découvrir chez tant d'humains et qui fut le thème de tant d'œuvres, il est le mien aussi, ni plus ni moins. Vouloir l'oubli plutôt que le désespoir n'est pas une exigence commode, mais c'est la seule issue que j'entrevois à mon parcours.

Outre le travail, les appuis, la chance et le talent, il faut de la volonté. Une volonté qui nous fait nous lever à l'aube, quand les autres dorment ; qui nous oblige à sourire à un commanditaire ; qui nous tient éveillé pour des lectures enrichissantes ; la volonté donc de remplir toutes les obligations. Ce mot, terrible et vrai, je l'ai jeté à la tête de mes compagnes lorsqu'elles regrettaient mes absences. Je l'ai brandi devant les tentations de légèreté de certains amis moins motivés. C'est encore de la volonté qu'il faut pour ne pas céder ensuite à la facilité, la vanité, le chemin tracé trop droit lorsqu'on a décidé de mettre la plume sous l'encrier. Alors que le mot obligation est devenu synonyme de prison (il l'était déjà mais enveloppé dans d'autres sens), j'ai voulu qu'il passe inaperçu. J'y suis parvenu. Aujourd'hui, c'est sa notion même que je rejette avec délectation.

Mais je revois aussi les carrefours devant lesquels il fallait prendre une décision : je n'ai pas été souvent assez lucide pour bien choisir. Les états extrêmes nous troublent la vue : l'ivresse, la colère, l'indignation. L'orgueil aussi qui avançait une solution étayée par nos si pauvres connaissances ! L'arrogance de l'artiste parfois : celle qui nous accorde une intuition quasi féminine et sur laquelle on s'appuie. Tout cela n'avait aucune hauteur. J'étais incapable d'une réelle synthèse. Mes "croisées des chemins", chères à Henry Bordeaux, collègue conservateur délaissé aujourd'hui, furent le choix tant de collaborateurs, d'amis et d'amantes, que celui du journal qui me permettait d'exprimer mes réflexions sur l'actualité, sans censure, au nom d'une qualité de pensée.

Dans les chemins empruntés, quelles furent la part du hasard et celle de la prédestination ? À cette seule question de l'existence, qui résume toute la raison d'être de la philosophie, je n'ai jamais trouvé de réponse satisfaisante.

– Le thé refroidit ! me souffle Salomé.

Sa voix murmurée me plaît infiniment tout à coup, comme si je la découvrais. Je porte la tasse à mes lèvres en observant Salomé, assise face à moi. Un léger voile de désespoir m'envahit l'âme.

VII

Alla Nazimova. Ce nom m'est revenu soudain : c'est celui d'une actrice sulfureuse qui joua au début des années 1920 dans l'adaptation muette de la pièce d'Oscar Wilde *Salomé*. Nazimova, ça sonne bien.

Je viens de prendre une douche à une heure inhabituelle pour moi en prenant le temps de régler la température de l'eau, je la veux brûlante, ensuite en paressant quelques minutes enveloppé dans une grande serviette éponge bleue et tiède. Des images de bords de piscines me reviennent. D'abord l'apprentissage de la natation, dans un petit bassin jouxtant la grande piscine, recouverte d'une verrière et emplie de cris qui résonnent. Le maître-nageur qui faisait tomber les cendres chaudes de sa cigarette sur nos pieds lorsque nos premiers mouvements de brasse effectués à plat ventre étaient maladroits. L'odeur de chlore liée aux premières gorgées avalées qui nous étouffaient et la panique qui s'ensuivait. Bien plus tard, quand j'eus fini par accepter la silhouette de mon corps et n'eus plus honte de sortir de l'eau, j'en trouvais toujours un plus musclé, un plus grand, un plus athlétique qui détournait l'attention des belles naïades. Et finalement le luxe des piscines intérieures avec la mise en scène qui peut-être me sauve la mise ? Assis au bord de l'eau, je prenais des notes dans un carnet en épiant discrètement les nageuses. Je détaillais leurs seins et la rondeur de leurs fesses, mais surtout je tentais d'imaginer les commentaires chuchotés à l'oreille. Comprenaient-elles que j'étais un écrivain ? Ce statut remplaçait-il celui de plongeur de haut vol ? J'en éprouve une honte rétrospective.

Pendant quelques années, j'ai collectionné des figurines animalières précieuses. Les premières trouvailles sont des objets de mémoire, rattachés à des souvenirs précis, des coups de cœur. Quand ce ne fut plus le cas, très vite l'intérêt de la chose s'est envolé. La “vitrine aux animaux”, comme je l'appelle, est donc devenue une pièce d'ameublement insolite – par exemple pour éviter la sempiternelle photo devant la bibliothèque. Je n'aime pas l'horloge comtoise héritée de mon père, son tintement et son rappel du temps m'agacent. Mais lorsque j'arrête le balancier, Éva s'en aperçoit vite. Elle se signe et réactive le mécanisme m'expliquant qu'il est connecté à la vie de personnes que j'aime. Je n'ai jamais haussé les épaules.

Salomé rentre du jardin, la chevelure dénouée sur ses épaules, comme si elle avait été surprise.

– Vous connaissez la provenance de toutes ces pièces ? dit-elle en montrant la vitrine.
– Non, mentis-je en m'éloignant vers la salle à manger.

J'ai faim ce soir, mais j'ai aussi des envies de thé, de tabac, de mots croisés, de musique paisible.

– Plutôt Schubert que Wagner, fait-elle la mine réjouie.

Mais elle me surprend avec le *Quarto Libro dei Madrigali* de Claudio Monteverdi, les voix de l'innocence. Mon regard dérive dans les buissons et les bosquets derrière la baie vitrée.

Je sais aujourd'hui pourquoi je me suis trompé dans ma vie : ce n'est pas une quête d'harmonie qu'il fallait entreprendre, mais celle de calme. C'est autre chose.

Dans l'amour aussi, c'est sans doute l'apaisement qu'il faut trouver plutôt que l'accord. D'ailleurs, quelle prétention nous pousse à essayer de rendre quelqu'un d'autre heureux ?

Charlotte ne pouvait pas avoir d'enfant et plus tard, avec mes autres femmes, je n'en ai plus voulu. Elle disait bien fort à nos amis que mes œuvres suffisaient. Qui d'autre sentait dans sa gorge ce sanglot prêt à éclater ? Je ne pus m'empêcher d'y voir une ombre à notre union durant nos années de vie commune. Aurais-je aimé des petits-enfants mettant du désordre partout ? Leurs pleurs, leurs écorchures, leurs rires, leur confiance ? Des petits garçons avec les cheveux en bataille et la chemise mal boutonnée ; des petites filles aux jambes trop fines et aux longs cils. Seraient-ils montés sur mes genoux ? M'auraient-ils réclamé une histoire et se seraient-ils endormis avant la fin ? Poussés par leurs parents, mes fils ou mes filles, auraient-ils, sur un ton scolaire, récité un compliment pour ma fête et attendu que je leur donne une pièce de monnaie ? Je hais mes livres !

– Ne bougez pas, dit Salomé en ramassant les mots croisés et le feutre fin qui étaient tombés.

La courbe de ses hanches est parfaite. Oui, parfois l'érotisme vint à la rescousse, comme adjuvant à l'amour ;

rarement comme fin. Comme j'ai toujours douté de ma capacité à aimer physiquement, j'ai accueilli avec soulagement les lueurs d'admiration chez les femmes qui partageaient mon lit. Pour en séduire d'autres, j'avoue m'être servi de cette aptitude que ces femmes perçoivent si bien. Le plaisir m'absolvait.

– Maître, il faut absolument que je vous montre quelque chose. Vous voulez bien ? Je vais chercher mon ordinateur.

Je n'ai jamais demandé au personnel de m'appeler Maître, mais n'ai rien fait pour les en dissuader. L'utilisation de ce titre donné à celui qui excelle dans son art, attribué aux personnes qualifiées pour diriger, ou collé aujourd'hui à un écrivain célèbre, par Salomé, me gêne bien plus. Il faudra que je revienne sur cette question.

– Regardez comme certains côtés du progrès peuvent être étranges et plus intellectuels que vous ne le croyez ! explique-t-elle en déposant l'engin sur la table.

Je peux lire ses notes et comme elle ne touche pas à son clavier, l'écran se met en état de veille. Une phrase le traverse de droite à gauche, revient à une hauteur différente, rouge sur fond noir : "Jusqu'où irez-vous ?" Ainsi, la philosophie fait-elle partie des programmes informatiques ! Mais les lectures sont toujours discordantes : nous avons tous notre propre culture, donc notre propre décryptage des concepts.

– Peut-on voir dans cette question une invitation à se surpasser ? dit Salomé.

“À apprendre toujours plus”, aurait dit Spinoza, puisque la connaissance de soi et de ses déterminations est la seule liberté qui ne soit pas illusoire. Je réponds par la pirouette de l’ironie.

– Jusqu’à la mort !

Elle semble ennuyée, voire choquée par cette réflexion.

– Vous ne devriez pas parler ainsi ! fait-elle avec une moue attendrissante.

– Je ne le ferai plus. C’est cet... appareil ! fis-je en le désignant du doigt.

Salomé appuie sur une touche, l’écran se modifie d’un seul coup et ses notes réapparaissent. Toujours à la lettre “A”, elle a recopié des notes soulignées dans *L’Aveu* d’Arthur Adamov : “L’homme ne saurait connaître la loi, mesurer ses limites, qu’en passant outre.”

Voilà la réponse à la question de l’ordinateur. Quoi, que m’arrive-t-il ? Je dialogue avec une machine ? Salomé a apaisé le robot, fait cesser le léger vrombissement, refermé le couvercle, comme on le ferait pour une huître monstrueuse et l’a pris sous le bras en s’enfuyant. À quoi bon discuter sur cet autrefois et épiloguer sur le passé ?

Les mots, ces gardiens du sens, ne sont pas immortels, invulnérables. Ils sont revêtus d’une chair saignante et sans défense. Comme les hommes, les mots souffrent.

Le seul courage est de parler à la première personne.

Le seul de mes romans qui se soit moins bien vendu n’était pas rédigé à la première personne. J’avais voulu être plus objectif, moins proche de ma vie et c’était une erreur. Nous ne parlons bien que de ce que nous sommes. Est-ce là que réside le bonheur de la poésie ? Pourtant, c'est ce nombrilisme même qui m'a lassé, puis excédé : j'avais entendu tant de fois que le roman devait raconter une histoire et que les Anglo-saxons y parvenaient si bien ! Mais en décrivant ma propre histoire, elle ne devenait qu'un exemple parmi d'autres, pas une référence, pas un modèle. Après la sortie de ce livre, où je décrivais le mal de vivre du héros exilé au Brésil, un critique prit la peine d'analyser l'échec relatif des ventes. Je lui expliquai vouloir non seulement un changement de ton qui désarçonnait les lecteurs, mais aussi une recherche d'indépendance vis-à-vis de mon œuvre, laquelle pouvait aussi exister avec un public restreint. Une fois pour toutes, je voulais crier que la quantité n'équivalait pas souvent avec la qualité. Sur ce point, j'avais raison.

Je retire de la bouche ma pipe d'écume et la tiens à une vingtaine de centimètres de moi pour souffler la fumée. Le parfum du tabac, le chuchotis de mon souffle, les mouvements des volutes apportent une jouissance rare.

Le mot amour recouvre tant d'aspects différents. Je n'ai jamais pu définir la relation que j'entretenais avec Clarisse, la mystérieuse. Je l'aimais, oui, j'avais de l'attachement pour elle ; lorsque je pensais à elle, je ressentais du désir. C'est peu. À cette époque, je travaillais beaucoup trop : je me réveillais en pleine nuit et cherchais à tâtons de quoi écrire pour ne pas oublier. L'aube noire était le décor de mon réveil. J'avais beau allumer les points de lumière, parcourir les pièces, faire du café dans la cuisine. Le bruit de l'eau dans la cafetière – isolé des autres bruits usuels – prenait une telle ampleur ! Je ne pouvais que ressentir un état d'anormalité, la plupart des hommes dormant encore. Moi, j'avais tant de travail à abattre : les articles et leurs dates d'échéance, les textes des conférences, les plans d'essais, le courrier, les recherches dans les livres, les lectures innombrables et l'œuvre en cours. Comment vivre normalement avec cette inspiration fragile dans la tête ? Combien d'angoisses pour les deux lignes ou au mieux les deux pages quotidiennes ? Je n'avais pas tant celle de "la page blanche", je ne la connais pas, mais celle de l'instant possible d'une confrontation possible avec cette page blanche. Il m'était impossible de prendre six mois par an de vacances dans un lieu paisible et inspirateur, j'ai contourné la difficulté : en me levant avant tout le monde ! J'ai connu alors de grands moments de bonheur égoïste au son de ma plume et du souffle régulier du chien rendormi à mes pieds. Mettant dans la balance ma santé et ma création, j'ai fait un mauvais choix en misant sur l'écriture ! Mon médecin a eu beau m'expliquer que mon organisme s'était adapté, que je n'avais plus besoin d'autant d'heures de sommeil, je n'en croyais rien.

En fin de matinée, j'avais déjà accompli le travail équivalent à une journée complète. Il me fallait une récréation. La plus simple était l'apéritif, mais je ne pouvais ni boire trop ni d'un alcool trop fort, et ces limites mêmes m'ennuyaient. Les coups de fil à Clarisse ou à d'autres qui vécurent ces années de folie firent partie du scénario sinistre. Exacerbé par l'urgence, par la tension, je détestais ne pas la trouver au bout du fil. Je comprenais bien sa liberté – pourquoi donc aurait-elle attendu l'hypothétique appel ? – mais le lui reprochais injustement. Si en revanche, elle décrochait, il me fallait encore un dialogue : je voulais parler de mon désir et avoir confirmation du sien ; je ne parlais pas d'amour, ou alors juste ce qu'il fallait pour ne pas l'effaroucher par la crudité de mes pulsions. La femme est différente en cela. Mais j'avais peu de patience, aveuglé par ma prétention ; le ton montait et nous coupions brusquement notre conversation en raccrochant. Il fallait ensuite tant de diplomatie pour ramener l'incident à de justes proportions que j'en perdais l'envie de travailler. J'avais beau me dire que ce n'était jamais du temps perdu, ce l'était !

VIII

Salomé veut se couper les cheveux. Avant même de penser à lui répondre, j'ai tout à coup sur les lèvres le souvenir tellement précis de la paupière fermée de Charlotte. Je lui disais que c'était la sensation la plus douce qu'il m'avait été donné de connaître sur terre et qu'elle se graverait à jamais en moi. Rien ne surpassa jamais en moelleux, satiné, soyeux, velouté la paupière de Charlotte, la première fois. Parce que c'était inconnu, surprenant, mêlé à l'innocence. Parfois, j'éprouve des difficultés à me rappeler son visage et il me faut l'aide de photos, puisqu'elle est morte. Mais cette palpitation sous le double renflement de mes lèvres persiste et m'illumine encore.

– Je ne veux pas qu'on m'aime uniquement pour mon physique.

– Salomé ! C'est un discours dépassé ; je l'ai entendu tant de fois dans la bouche des jolies filles…

– Vous me trouvez jolie ?

– Tu en doutais ? Mais c'est d'une telle évidence !

– Pas pour moi.

– Est-ce très important ? Les autres nous regardent, mais nous ? Passe-t-on tellement de temps à se regarder ?

– C'est pour moi que je me soigne, pas pour qu'on m'apporte des fleurs, par exemple...

Je m'en veux. Les fleurs de Laurent ont provoqué sa réflexion, sans doute mûrie de bien d'autres pensées antérieures. Je m'étais pourtant juré de ne plus intervenir ainsi dans la vie des personnes que j'aime. Il faut que j'efface au plus vite cette incursion regrettable : comment lui expliquer ce que je pense de l'image qu'on donne de soi ? Les jolies femmes aiment plaire – au moins par leurs yeux, leurs silhouette, leurs jambes, c'est le minimum ; au mieux par leur intelligence, leur force, leur pragmatisme –, mais elles ne veulent pas être reconnues uniquement grâce à un physique séduisant. Certaines s'en accommodent et réussissent plus vite à se faire accepter dans le monde macho, mais quel caractère leur a-t-il fallu, quelle lutte toujours recommencée. D'autres se défendent avec des armes diverses, à la mesure de leur instinct toujours sûr. Salomé s'apprête à se couper les cheveux croyant – à tort – que le regard des hommes ne s'y arrêtera plus et qu'elle pourra communiquer avec eux sans arrière-pensées.

– Nicolas m'en parlait tout le temps et trop. Comment accepter d'être idolâtrée pour une chevelure ?

– Nicolas ?

– Excusez-moi, je ne veux pas vous ennuyer avec ma vie sans intérêt. Nicolas était mon... vous diriez fiancé.

Pour détourner l'attention d'un problème qui devient trop aigu, il faut en poser un autre.

– Tu ne m'ennuies pas, Salomé, mais parlons d'autre chose ! Je voudrais te demander un grand service. Je ne veux plus que tu utilises le mot "Maître" !

– Mais, je croyais que...
– Promets-le moi !
– Si vous voulez.

Elle me regarde en silence, comme si quelque chose de nouveau s'immisçait dans l'image qu'elle a de moi. Ce n'est pas encore un sourire, c'est un léger mouvement du coin des lèvres qui l'annonce peut-être. Elle est magnifique dans cette fragilité !

– Tu m'accompagnerais jusqu'à l'étang, Salomé ?
– Mais évidemment. Je vais chercher votre canne.

Nous marquons un temps d'arrêt sur la terrasse qui domine le parc pour nous imprégner de la beauté du lieu. À gauche, les arbustes fleuris, une vigne ; au milieu, le grand gazon, quelques arbres disséminés ; à droite, l'orée du bois et des sentiers qui mènent au potager et à l'étang. Tikal s'est assise devant nous ; elle hume, le museau relevé, tourne de temps en temps la tête vers nous en espérant le signal du départ.

Certaines libellules sont énormes, impressionnantes, avec des reflets moirés verdâtres ou bleuâtres et ont cette surprenante faculté de voler sur place ! Nous restons à bonne distance des roseaux et des canards invisibles qui clapotent dans la vase près de la rive. Toute une faune aquatique se manifeste par des bulles qui remontent et crèvent à la surface glauque de l'eau.

Ce monde unique au sein de l'univers, ce microcosme forme un parallèle avec l'organisation de ma vie actuelle : pourquoi donc ai-je ressenti la nécessité de m'enfermer ainsi, de vivre en vase clos ?

La réponse surgit comme une incroyable illumination, soudaine mais évidente : j'aime donner mais pas recevoir.

Ce que j'ai parfois pris pour de l'humilité n'était que la manifestation de ce handicap. Incapable de recevoir des compliments, des honneurs, j'en arrivais à tout tourner en dérision pour ne pas remercier franchement, pour ne pas avoir à analyser ou reconnaître la véracité du propos. En amour aussi, je donnais et mes partenaires prenaient pour de la délicatesse, voire du respect, mon altruisme : qu'elle soit heureuse, qu'elle jouisse, qu'elle reçoive mon amour ! Le partage devenait alors impossible. Or, l'amour dissocie ces deux principes : donner et recevoir.

Salomé parle avec la jeunesse de son cœur et évoque les évasions possibles, les voyages derrière l'horizon. Moi, de mon côté, avec le poids de mon expérience, j'observe la fatalité. Dans tous les sens du terme : inévitable, marqué par le destin mais aussi qui porte malheur, qui entraîne la ruine, qui présage de la mort.

Pour la deuxième fois en peu de temps, je sens ce châle du désespoir se poser sur mes épaules. Je ne l'attendais plus.

– Qu'avez-vous ? Voulez-vous vous asseoir ? demande Salomé.

Clarisse fut toujours la plus prompte à lire dans mes yeux. Au moment même où je la ressentais, elle s'inquiétait de mon émotion, m'aidait à accueillir celle qui m'était bénéfique et à rejeter celles qui m'empoisonnaient, qui torturaient, me désarçonnaient. Un jour, elle voulut tout me révéler sur mon avenir, car elle tirait les cartes, calculait l'horoscope et lisait dans les lignes de la main. L'expérience tourna court : mon destin était exemplaire, répétait-elle sans vouloir rien préciser ni ajouter. Elle m'avoua plus tard qu'elle avait lu surtout dans mon regard tout ce qui m'arriverait.

– Regardez ! C'est superbe !

Je constate qu'elle ne dit pas "super" et je regarde dans la direction pointée par son index. Un héron immobile, hiératique, attend que la gourmandise le pousse au festin ou que l'envie de planer le prenne.

– Qu'il est beau ! Vous ne trouvez pas, Gustave ?

Qu'elle accepte enfin de prononcer mon prénom me procure un plaisir plus piquant que je ne l'imaginais. Elle s'en aperçoit.

– C'est ce que vous vouliez ! Vous pouvez changer d'avis si...

– Pas du tout ! Si nous remontions vers la maison ?

Je lui prends le bras et c'est comme si elle me transmettait son énergie.

L'énergie était indispensable pour me faire avancer dans un roman, pour y croire, pour m'y replonger, pour travailler. Écrivant surtout le matin, sentant quand il fallait arrêter, je traquais dans les dictionnaires les mots les plus justes, ceux qui traduiraient ma pensée avec le plus de précision. Je relisais, raturais, écrivais à nouveau, changeais de couleur d'encre, de papier. Bref, j'essayais de me distraire de l'essentiel pour ne pas être trop affecté. Je passais alors à d'autres exercices, sachant que l'histoire continuerait à se déployer dans mon inconscient et que je la retrouverais prête à être écrite le lendemain. Je prenais des précautions, mais comment tout prévoir ? Une contrariété, un incident, un appel téléphonique même pouvait faire chavirer la barque. Et puis ce n'est pas tout : une fois les défenses extérieures mises en place, il fallait aussi organiser l'intérieur de la place. Combien de fois une phrase écrite ne m'a-t-elle pas renvoyé à d'autres images ! Il me fallait une telle détermination pour revenir au texte et à sa logique que j'en demeurais parfois sans mot, comme épuisé. Tout servait l'œuvre en chantier à condition de canaliser, de juguler, de trier. Une mauvaise nuit pouvait faire vaciller la flamme fragile de l'inspiration, voire l'éteindre. Il m'est arrivé de refermer le cahier, de le jeter, d'en recommencer un autre plus tard, vaincu par ces ennemis ligués contre moi.

Laurent dispose des lys qui embaument dans les hauts vases de cristal. Tikal, guidée par la faim, trottine vers les cuisines. Salomé m'installe dans la pénombre rafraîchissante du séjour attenant à la véranda.

– Je vais travailler un peu dans la bibliothèque.

Je la regarde s'éloigner : est-elle vraiment très grande, ou sa sveltesse en donne-t-elle l'illusion ?

Ce qui s'appelle “arrêt sur image” en langage cinématographique se produisait tous les jours lors de ces périodes de création littéraire. Je quittais des personnages figés dans une situation immobile. Le lendemain, leurs gestes s'achevaient, l'action reprenait. Entre ces deux instants se situait l'angoisse de cette “page blanche”, qui peut être qualifiée dans ce cas d'angoisse de “l'immobilité” ! Et si rien ne repartait, si, comme dans les mythes antiques, le soleil ne se levait pas le lendemain ? Les prêtres qui sacrifiaient aux dieux pour ce retour de la lumière étaient-ils convaincus que c'était indispensable ? Les plus curieux d'entre eux ont-ils une nuit esquivé le sacrifice, histoire d'en vérifier l'utilité ? Ont-ils pris le risque de mettre à l'épreuve leurs convictions qui pouvaient disparaître avec la réponse ? J'ai joué une fois ou deux à ne pas croire à la suite du texte et m'adonnai à des distractions coupables avec l'alibi que cela me changerait les idées. Je me suis perdu à chaque fois : j'étais parti trop loin du rivage et n'ai pas su revenir m'étendre sur la plage de l'île. Toutes ces règles non formulées m'ont beaucoup fatigué.

Salomé revient accompagnée d'Éva qui dispose des bouteilles diverses et des verres sur une table basse.

– Laissez ! Merci Éva !

Je l'interromps. Ai-je envie d'être seul avec Salomé pour l'entendre lire ses notes ? Pour jouir de sa présence ?

– Toujours à la lettre "A", je reclasse Louis Aragon, dit-elle en s'asseyant. Je connaissais quelques textes de lui, mais pas *Je n'ai jamais appris à écrire ou les Incipit.*

– Les chansons ?

Elle ne répond pas, ne voulant pas s'engager dans cette discussion stérile des modes mineurs ou majeurs de certains textes.

– Ceci avait l'air de vous intéresser, vous l'avez coché en rouge.

– Je n'avais sans doute plus de bleu dans mon encrier, lui dis-je. Pourquoi toujours donner une signification au moindre fait ?

– Alors, je vous lis ? Elle rejette mon interruption ironique. Voici : "Je n'ai jamais écrit mes romans, *je les ai lus*. Tout ce qu'on en dit, en a dit, en dirait, sans cette connaissance préalable du fait, ne peut être que vue *a priori*, jugement mécanique, ignorance de l'essentiel. Comprenez-moi bien : *je n'ai jamais su qui était l'assassin*."

Oui, c'est bien ainsi que j'ai écrit moi-même le plus souvent, en laissant le travail se faire en moi, sans le diriger. Les théories que l'on tente de faire coïncider à tout prix aux processus de création m'assomment et m'indiffèrent ; tant pis si certains y consacrent leur temps, ce n'est pas mon activité.

– C'est ainsi que vous écriviez ? insiste Salomé.

– J'aimerais fumer ma pipe.

Elle se détache tout de suite de sa question, comme si elle se réveillait, et s'en va à la recherche du plateau avec mon matériel. Je jette un œil sur ses notes imprimées par ordinateur :

Les Cloches de Bâle : "Il y a des livres qui ferment un monde. Ils sont un point final ; on les laisse ou on s'en va. Plus loin, ailleurs, n'importe. Il en est d'autres qui sont les portes de notre propre pays."

Les Voyageurs de l'impériale : "La vie est un voyageur qui laisse traîner son manteau derrière lui, pour effacer ses traces."

Je nourris l'obsession d'effacer mes traces, en les niant, en les méprisant parfois, en les oubliant. Je ne veux pas qu'on les lise, qu'on en fasse des empreintes comme du temps des scouts. Nous cerclions d'un carton la trace dans la boue et y coulions du plâtre. De ce moule était reconstituée l'empreinte et certains y déchiffraient la vitesse de la course, l'âge de l'animal, le pourquoi de sa présence. Nul ne pouvait les contredire.

Des livres qui sont les portes de son propre pays ? Pourquoi réduire cette fonction magique aux seuls livres ? Pourquoi pas une conversation avec un inconnu sur le pas d'une porte ? Nous sourions sans raison et déjà nous nous rapprochons : parfois nous échangeons un mot banal nous prouvant que nous vivons ensemble sur la même planète et que nous avons un trajet dans le temps et l'espace assez semblable. Parfois, un mot précis nous entraîne vers un sujet d'autant plus sérieux que nous ne connaissons pas l'interlocuteur. On peut se confier tellement mieux à des personnes qu'on ne reverra plus !

Elle était assise près de la porte et penchée sur un cahier d'écolier, dont elle noircissait la page sans s'arrêter. J'attendais, debout non loin d'elle, un taxi qui n'arrivait pas. Elle leva la tête et je lui dis le plaisir que j'avais à observer quelqu'un écrire. Tout de suite elle me confia sa manière de réfléchir et de faire le point. De se "ressourcer", disait-elle en utilisant le verbe à la mode. Je lui parlai alors de mon propre bonheur d'écrire ; elle comprit vaguement que c'était mon métier. Pourquoi ai-je abordé le choix entre le devoir et le bonheur ? Comment lui ai-je ainsi affirmé que c'était le bonheur qu'il fallait tenter de suivre ? Elle s'arrêta soudain d'écrire, referma le cahier et me dit : "J'attendais un signe pour continuer ma vie, vous venez de me le donner, merci !" Elle sortit et disparut.

Ma pipe commence à bien se culotter. Je retrouve, en suçotant le tuyau, le goût bizarre pas si désagréable du tabac froid.

La chienne fixe Salomé et je soupçonne celle-ci de lui avoir donné en cachette un reste de viande. Mais je ne lui en veux pas : je deviens sage et fais la part des choses, enfin.

IX

J'attends l'acupunctrice en laissant mon regard vagabonder sur les plis, les descentes, le mystère des drapés du ciel de lit. Sans raison, le pin-pon d'un tram d'antan résonne dans mes oreilles. Il était suivi du vacarme des voitures jaunes bringuebalantes descendant la rue, et du tremblement même de la façade et des fenêtres à quelques mètres à peine des rails entre les pavés. Des vitraux filtraient la lumière ; ils représentaient les insignes de l'architecture : l'équerre, le fil à plomb, le compas. Dans cette pièce, qui tenait lieu à la fois de cuisine et de salle de séjour, un lointain cousin en parlant de moi (avais-je déjà douze ans ?) dit à mon père : "Je savais qu'il était intelligent, ton fils !" Pourquoi ce constat fut-il fait de cette manière par ce presque inconnu ? Avait-il même la capacité de me jauger ? Qu'importe ! Cette phrase m'encouragea longtemps au cours de mes études, m'enleva sans doute quelques complexes.

Le médecin s'assied près du lit, m'interroge, a un sourire affectueux en me regardant. Je me sens déjà mieux.

Combien de fois ai-je répondu aux même questions des journalistes. Pourquoi écrivez-vous ? Quelle est la part de biographie qu'on retrouve dans votre œuvre ? Comment écrivez-vous ? Est-ce un exorcisme, une thérapie, une catharsis ?

Elle pousse sur l'endroit douloureux, y enfonce ensuite la fine aiguille. Ses cheveux blonds lui donnent un air angélique qui me plaît. Ce matin, elle m'explique le fonctionnement d'un stylo à rayon laser qu'elle passe sur ma cheville accidentée et qui procure un soulagement immédiat. Nous parlons des progrès de la médecine et de leurs effets sur le vieillissement. L'homme devrait vivre cent vingt-cinq ans si n'étaient les maladies, les agressions du quotidien, la façon de vivre. Les religieuses dans les couvents vivent de la manière la plus propice à l'allongement de l'existence.

– La moitié des filles nées après 2000 vivront centenaires, conclut mon acupunctrice.

Cette perspective me dépasse, me plonge dans la réalité la plus cruelle : l'approche de ma mort.

La doctoresse descend rejoindre Salomé : elle reviendra dans une demi-heure pour retirer les aiguilles.

Dans la même vision m'apparaît le visage de Marie-Laure avant la rencontre avec son Québécois et de Clarisse, qui ne m'avait pas encore embrassé. Juxtaposition d'images liées à deux façons d'envisager la relation amoureuse que je crus pouvoir prolonger longtemps. J'étais tout pour la première : à l'en croire, je pouvais oublier ma jalousie et mon besoin d'exclusivité qui minent le sentiment amoureux. Pour la seconde, je ne pouvais qu'être à côté de cet amour préexistant. Ces moments de la vie prendraient consistance plutôt dans l'écrit, dans la parole échangée, que dans une relation réelle et physique. Toutes les deux disaient m'aimer mais je ne les entendais guère, engoncé comme j'étais dans un habit que je croyais de lumière mais qui ne reflétait que mon mal de vivre. Pourquoi n'ai-je pas cru celles qui disaient m'aimer ? Était-ce par crainte irraisonnée d'être distrait de mon travail, de devoir m'en extraire, alors qu'au contraire je m'y serais adonné avec bien plus de force ? Ou alors par angoisse d'un abandon qui me laisserait à la merci des autres, sans la maîtrise des émotions ? Je perdis donc Marie-Laure qu'un autre écouta et crut. Je suivis Clarisse qui me proposa d'être ma maîtresse alors que, libre et célibataire, je ne pouvais plus être infidèle qu'à mon travail. Ce fut amusant et excitant.

Le médecin me retire les aiguilles, alors qu'une sorte de langueur m'avait envahi. Elle me dit que Salomé veut me parler d'un sujet important. Cela me ragaillardit d'un coup.

Lorsque j'entre dans le salon, je découvre entre les mains de Salomé *D'autres crépuscules*, un de mes recueils de poèmes et ma première publication comme académicien. Son attitude a changé : c'est une autre jeune fille qui se lève et m'aide à m'asseoir. Sous ces cils noirs, ses yeux ont des reflets d'or. L'élégance de ses gestes est plus délicate. Elle semble s'être aspergée d'un vague parfum de mandarine, que je n'avais jamais senti sur sa longue chevelure. Elle m'intimide un peu, comme lorsqu'une femme acceptait ma proposition de l'aimer et que je me trouvais confronté à cette nouvelle donne, sans trop y avoir cru ou après avoir attendu trop longtemps.

– Écoute, Salomé, j'ai été clair avec toi, avec tout le monde. J'ai tourné la page de l'écriture et je ne veux pas que tu m'en parles. Je n'existe plus dans ce domaine, tu comprends ?

J'ai l'impression qu'elle va éclater en larmes. Mais elle sourit.

– Je n'ai jamais lu des mots aussi… aussi…

– Ne cherche pas, Salomé, j'ai tout lu, tout entendu sur ce que j'ai écrit. Range ce livre !

J'ai imaginé et appréhendé cette scène. Dès l'instant où je lui avais autorisé l'accès à la bibliothèque, j'aurais dû en faire disparaître mes propres livres.

– Laisse-moi maintenant.

Je n'ai pas le cœur à la regarder quitter la pièce, même si un peu d'insensibilité m'enveloppe davantage au fil du temps.

Tikal s'est couchée à mes pieds, le museau entre les pattes. Je lui chuchote quelques mots : comprend-elle ce qui transparaît dans le ton de ma voix ? C'est la volonté de protéger ma retraite qui m'oblige à de telles discourtoisies et décevoir l'autre est une manière comme une autre de l'éloigner. Je caresse ma chienne, elle se retourne sur le dos et me tend son ventre à la peau rose tachetée de noir, qui prouve sa bonne race. Elle replie ses pattes et je jurerais que ses babines esquissent un sourire.

Les anges sous la pluie
ont le souffle chaud
et des voix plus douces
qui protègent les mots.

La mort est-elle une fin ou un passage ? Je n'aime pas entendre dire que l'éternité, c'est notre œuvre qui se perpétue, ou encore qu'elle est définie par la mémoire laissée dans notre descendance. Je refuse ces deux explications, mais j'aime la réflexion d'un personnage de Haruki Murakami : il dit ne lire que les auteurs disparus depuis trente ans, car ce sont les seuls en qui il a confiance, la vie étant trop courte pour en lire d'autres. La mort : rupture ou évolution de la vie ? Il semble que la science et la religion se rejoignent sur l'évolution, sans en connaître les modalités.

Je n'ai rédigé aucun testament. Peu me chaut la prolongation de ce que j'ai fait sur terre. Ma seule hésitation pour ce qui est de ma mort porte sur le choix entre l'incinération ou l'enterrement. J'ai plutôt envie de finir dans le ventre de la terre, comme je fus dans celui de ma mère. Cette obscurité totale me séduit. J'aimais creuser.

Les scouts les plus âgés avaient entrepris la construction d'un local sous la terre et je suivais ces travaux avec passion. Avant chaque réunion, je courais me rendre compte de l'avancement du creusement : ils avaient décidé de retirer plusieurs mètres cubes de terre à l'aide de bêches. Une fois aux dimensions voulues, ils recouvriraient le trou de planches et de terre jusqu'à ce que l'endroit devienne invisible. Je ne l'ai jamais vu achevé, les jeunes ayant quitté la troupe à la fin de l'été.

Lorsque nous passions un dimanche au bord de la mer, nous explorions les souterrains allemands, vestiges des deux guerres mondiales. Ils sentaient l'urine, étaient encombrés d'objets parfois dangereux et le risque d'éboulement dopait les aventuriers que nous croyions être.

Georges Brassens me fut présenté sur le plateau d'une émission de télévision consacrée à la littérature. Le journaliste avait voulu mêler aux écrivains ce “poète du xxe siècle”, qui s’exprimait par un autre véhicule que l’écrit. Lui-même s’en défendait pour le plus grand soulagement de mes frères académiciens présents. Pendant un des arrêts fréquents de l’enregistrement, j’ai été stupéfait de l’entendre uniquement m’entretenir d’un abri anti-atomique qu’il faisait creuser au fond de son jardin. Ce retour désespéré dans le sein originel pour s’y protéger me parut alors incongru.

Je ne comprends pas le paradoxe – nous ne sommes que des reniements ! – d’avoir laissé Salomé entrer dans ma bibliothèque et de lui refuser un mot d’explication sur les livres qu’elle y trouve. J’aurais pu procéder à un tri et faire disparaître mon passé, mais c’est de ma faute : je n’ai pas eu le courage de remonter dans ce lieu que j’ai trop fréquenté.

Dans ta voix
des milliers de nuances
et la mémoire
colore les pavés gris.

Quelques mots se battent dans ma mémoire et essaient de se mettre en avant. C’est comme des gosses qui veulent se faire remarquer en grimaçant et gesticulant derrière le reporter qui parle face à la caméra. On ne voit plus qu’eux tant ils nous distraient du commentaire principal. Quoique ! Et si l’important à retenir était justement ces visages-là, cette vie grouillante, remuante, qui existe malgré les gestes et les interdictions de l’entourage du reporter, voire la promesse non tenue de ces enfants de ne pas bouger. La vie est plus forte, c’est la vigne vierge qui grimpe, vrille, s’attache.

Le soleil m’éclabousse.

Je n'ai décidément pas envie de revivre cette mélancolie, n'en ai plus le courage. Je reconnais les raisons et l'émotion du moment où ma plume a tracé ces quatre mots. Un crépuscule le long de l'autoroute, un soleil d'un rouge vif qui ensanglantait le paysage, une fille que j'espérais. Mon cœur bat plus vite, me fait peur : est-il encore raisonnable de revivre de tels troubles ? Je prenais l'alternative de la nostalgie et de l'agitation pour du bonheur, remplissais ma vie à tout prix : aucun vide, aucun temps libre. Je faisais confiance à l'écriture pour faire le tri et élargir la réflexion à ma place. Voulant le rêve plutôt que la vie, je craignais que le réel soit toujours triste. C'est faux, même si je suis vraiment pessimiste.

Je pleure. Je ne m'en suis pas rendu compte tout de suite. Je ne fais rien pour retenir les larmes qui font des taches sur mon vêtement. Me suis-je donc trompé sur tant de choses ? Je n'ai pas de mouchoir, n'en cherche pas dans mes poches, ne m'essuie pas les joues du dos de la main non plus. Je soupire. Ma poitrine se soulève et s'abaisse, comme celle d'un bébé qui essaie de reprendre son souffle. J'ignore si même cela me soulage. Je m'abandonne. Et ces pleurs n'en finissent plus.

L'effervescence et le spleen : j'aimais m'y plonger avec la volupté perverse de commettre un péché. L'interdit était bien identifié. J'avais écrit ces vers pour les yeux roux d'une belle :

Je retiens l'inconnue
sous mes paupières.

J'avais réussi à retrouver son adresse et m'y étais rendu, sur une impulsion. Bien qu'heureux de vivre avec

Charlotte, je me laissais guider par l'envie de partager quelque chose qui me dépassait et que je trouvais beau. Aucun raisonnement n'entrait dans tout cela : ni pour moi – je me sentais prêt à assumer mes actes et mes écrits – ni pour elle, dont je ne connaissais rien. J'étais porté par mes illusions. Elle fut à peine étonnée lorsque je dis mon nom au parlophone. Je m'y repris à deux fois tant était fort le vacarme de la rue. Elle m'attendait en souriant, des fossettes creusaient ses joues, je ne voyais que ses yeux superbes. Elle me précéda dans le salon et s'assit au bord d'un sofa en m'invitant à prendre place à l'autre bout. On parlait peu, comme s'il n'était pas indispensable d'en savoir plus sur nous, comme si cette rencontre était éphémère par nature. Je sortis de ma poche la page pliée en quatre et la lui tendis. Elle lut le poème à haute voix.

L'eau glisse sur leurs ailes
Alors naissent les arcs-en-ciel
Au creux de nos cœurs
En des battements infinis.

Quand elle eut terminé, elle me sourit, se leva et vint me prendre la main. Elle défit la ceinture de sa robe d'intérieur et fut nue d'un seul coup. Nous nous embrassâmes. Je me mis à la caresser avec une fringale de peau, de sucs, de douceur, de fourrure, de seins. Tout à coup, elle me repoussa et se mit à rire. Interloqué, je vis un homme pénétrer dans la pièce, me gifler et m'insulter en me poussant dehors.

– Gustave ?

Salomé est agenouillée devant moi et me tapote les joues et les yeux avec un mouchoir de dentelle. C'est d'une douceur incroyable.

– Ne pleurez pas, Gustave, je vous en prie.

Elle me fait penser – et c'est indicible ! – aux rares souvenirs de bienveillance que j'ai de ma mère. C'est la femme, la mère et la sœur, l'épouse et la fiancée, l'inaccessible et la tendre, qui prend consistance près de moi.

– Est-ce de ma faute, Gustave ? Je ne veux plus vous embêter avec vos écrits, je vous promets…

Je l'arrête en remuant la tête de gauche à droite.

– Vous n'êtes pas bien ? Vous voulez quelque chose ?

Elle prend ma main ridée, tachetée, dans la sienne si diaphane.

X

Il est huit heures du matin et Salomé a l'air heureuse de m'accompagner dans ma promenade avec Tikal. Depuis combien de temps n'ai-je plus fait ce tour du propriétaire avec la chienne ? Des mois, un an, un an et demi peut-être. Sans hésiter, elle renifle les mêmes troncs d'arbre, elle déambule dans les mêmes parterres, elle avance, revient sur ses pas, semble se demander si vraiment elle peut profiter de ce plaisir retrouvé. Je marche moins vite, progresse plus prudemment et une chose importante a changé : Salomé est à mes côtés et peut me rattraper si je glisse. La randonnée nous emmène en pente douce vers un mur d'enceinte, un peu concave : on peut craindre qu'il ne s'écroule bientôt et je note de le signaler en rentrant (me voilà redevenu ce gentleman-farmer que je fus lorsque je me suis installé au domaine). La végétation a changé, pas grand chose : une branche plus longue, un buisson plus touffu, un sentier moins large et mangé par la mousse ; et pourtant je ressens cette métamorphose ! Les parfums aussi me semblent plus balsamiques ; ils agissent sûrement sur mon humeur.

J'ai éprouvé ces sensations à certaines périodes de transition : la rentrée des classes, le retour des vacances d'été. Après parfois plus d'un mois d'absence de la maison paternelle, nous retrouvions les plantes grandies, le jardin envahi par les mauvaises herbes, l'odeur de l'encaustique intacte dans toutes les pièces. Nous reprenions possession de nos chambres avec le sentiment d'un renouveau : oui, nous allions pouvoir tout reprendre à zéro, repartir du bon pied, la forme allait entraîner le fond. La table de travail débarrassée de l'inutile – anciens cours, feuilles de brouillon, crayons usagés – allait donc être le cadre de pensées inédites et exaltantes. Je changeais la décoration : posai des pierres ramassées et des nœuds d'arbres comme nouveaux presse-papiers ; plaçai sur les murs une carte topographique sur laquelle je recopiais à l'encre de chine de grands yeux féminins.

À la rentrée des classes, le changement était plus tangible encore. Le local lui-même d'abord : la couleur des murs, les reproductions de tableaux – oh ! cet *Empire des lumières* de Magritte, que je tentais de comprendre dans son paradoxe de jour et de nuit. Le professeur se faisait nommer "monsieur" suivi de son prénom. Parmi les condisciples, nous commentions la disparition de certains et nous évaluions l'arrivée d'autres. L'odeur du tableau, du vernis dont on avait revêtu les meubles, du cuir des cartables neufs mettait bel et bien en exergue l'angoisse de l'inconnu qui se mêlait à la satisfaction d'avancer dans la vie. Le poème de Jacques Prévert ne m'aidait guère à cette époque, celui où le porte-plume redevient oiseau. Dans *Page d'écriture*, l'oiseau-lyre me faisait tellement rêver ! Ces vitres qui redeviennent sable, les pupitres arbres, la craie falaise ! Pendant toutes mes études primaires, j'ai gardé au vestiaire le même crochet, numéro 119, auquel j'ai suspendu mes écharpes, mes tabliers gris, où j'ai parfois oublié un bonnet ou des gants…

– Paradisiaque est le mot, tu ne crois pas, Salomé ?

Elle se retourne, hoche la tête et me sourit. Son regard questionneur semble prendre la couleur du paysage.

Elle reste sur place et je sais tout de suite qu'elle veut dire des choses essentielles. Je le redoute.

– Vous n'en avez pas assez de ce silence qui ne sert qu'à vous masquer ?

Je suis pris de vertige, que je refoule, car je ne veux à aucun prix qu'elle songe à un prétexte pour ne pas l'écouter.

– Vous n'avez donc pas envie de vous voir ? De savoir qui vous êtes ? Vous avez écrit des choses magnifiques, je n'en ai jamais lu de pareilles. Pourquoi ne voulez-vous pas en assumer la paternité ? Vous coupez votre être en deux : avant et maintenant, surtout plus d'avenir. Gustave, c'est impossible à faire, et pourquoi le vouloir d'ailleurs ? Vous vous croyiez à l'abri dans ce jardin d'Éden ? Vous pensiez qu'il était possible d'échapper à soi-même ?

Je fais demi-tour et je laisse Tikal hésiter entre Salomé et moi.

– Pardon ! Je suis désolée, Gustave. Je ne voulais pas dire… le dire ainsi, je…

– … Pas grave… Vous m'aidez ?

Elle me soutient. Je sais qu'on en reparlera.

Je rentre dans le ventre de ma mère. Cette demeure l'est symboliquement. De nouveau n'entendre les vérités extérieures si blessantes qu'à travers la paroi de son ventre chaud et doux qui ne filtre que la mélodie des chansons, non pas le relief, l'orchestration. Si, par malheur, je devais renaître, j'aimerais entendre ainsi *Blue Moon, Night and Day, Nuages*. Suis-je prisonnier ? Non, puisque je peux bouger, aller d'une pièce à l'autre, prendre l'air. Oui, puisque je ne peux pas faire de grands gestes : pas de moulinets avec mes bras, pas de courses folles, pas de compétition. Mais cela tombe bien. Je ne veux plus immobiliser le monde, je désire simplement le négliger.

Le repas est divin et Salomé s'est maquillée. Oh, pas grand chose ! Un peu de rose qui souligne la pommette de ses joues, du rimmel sur ses cils allongés et un rouge à lèvres humide corail. Ainsi, cette jeune personne est parvenue à me remettre en question. Serait-il impossible de suspendre le fil de l'existence ?

En automne, pour me rendre à l'école, je changeais d'itinéraire, je suivais un mur bordé de marronniers, qui courait sur toute la longueur de la rue : j'aimais patauger dans le tapis de feuilles, entendre leurs craquements, les remuer pour en découvrir toutes les nuances du vert au fauve. J'ignorais le symbolisme de la feuille morte mais je le découvrirais assez vite par la poésie.

Dans le désordre, je me souviens de Francis Jammes :

La grande cour avait des feuilles mortes
Dans le vent froid des fins d'étés très vieux.

Et d'Émile Verhaeren, que j'ai récité :

Sur la bruyère, infiniment,
Voici le vent

Qui se déchire et se démembre
En souffles lourds battant les bourgs
Voici le vent,
Le vent sauvage de Novembre
Le vent rafle, le long de l'eau,
Les feuilles mortes des bouleaux,
Le vent sauvage de Novembre,
Le vent mord, dans les branches,
Des nids d'oiseaux.

Dois-je me réconcilier avec moi-même ? Saisir cette ultime chance ou abandonner ?

Salomé plonge sa cuillère dans le sorbet, elle a le sourire le plus lumineux que je connaisse.

– Tu ne connais pas ma vie, Salomé. Tu ne peux pas me juger.

Vais-je me justifier pour voir dans ce miroir, ni truqué ni déformant, ce que je suis ? Pour entendre en écho mes démonstrations ? Ou jouer sur les mots, comme je l'ai toujours fait ?

– Au fond, tout est simple, lui dis-je avec un peu d'emphase, comme au début d'une conférence de presse, d'un discours de réception.

Son attention va me rendre le tour de passe-passe malaisé cette fois et tout ce que je peux me cacher me sera renvoyé en pleine lumière. L'homme est un imbécile, je peux essayer de m'enfuir, une fois de plus. Et pourtant je me demande si ce n'est pas la fois de trop.

J'ai rempli ma vie comme on remplit un coffre de voiture pour partir en voyage : des réserves pour la route, des vêtements de rechange, de l'argent et tout ce qu'il faut pour ne pas s'ennuyer. Et j'ai pris la route sans savoir où j'allais... comme tout le monde !

J'ai roulé le plus vite possible, ne m'arrêtant que lorsqu'il le fallait : pour faire le plein, changer un pneu et même parfois – luxe suprême – pour faire laver la voiture.

Je suis ridicule. Elle a découvert quelques poèmes et me voilà à pérorer pour lui expliquer ma retraite.

Elle me regarde me débattre et penche la tête, l'appuie sur son bras ; elle observe le rituel du tabac poussé avec le pouce, de la flamme qui clignote, de la première fumée qui se dégage.

– Je sais ce que j'ai écrit. J'en connais même la valeur. Mais cette œuvre, je l'ai sortie de moi tout seul. Comme pour un accouchement, avec ses douleurs qu'on croit impossibles à surmonter au moment même, surtout à revivre ensuite. Pourtant, on recommence. Tels des enfants grandis, mes livres doivent exister sans moi à présent.

– Je comprends bien, dit Salomé, mais puisque vous faites cette comparaison avec des enfants, pourquoi ne les reconnaissez-vous plus ? Ils portent votre nom ! Que vous ont-ils fait pour que vous les reniiez à présent ?

J'adorais le bleu et me sentais bien la nuit. Je ne fus pas déçu : *Bleu comme la nuit* de François Nourissier a été un de mes premiers chocs littéraires. J'y ai découvert en outre une phrase très courte qui m'a poursuivi durant toutes mes années littéraires : “Elle belle, lui jeune.” Je cacherai dans presque tous mes romans un thème similaire, un court contrepoint entre la beauté et la jeunesse.

Je reconnais mes enfants littéraires, quoi qu'en dise Salomé, mais rejette ce qu'on en a fait. La création figée dans des pages, une couverture, un caractère choisi. Je déteste les gisants, sûr que les êtres qu'ils représentent sont partout sauf sous la pierre.

Je comprends bien son propos, seulement j'estime avoir mérité de pouvoir me cacher, m'enfuir, m'évader. Cependant, on n'a jamais fini de vivre : les enfants ne quittent jamais la maison paternelle, ils y sont chez eux à jamais, quoi qu'on veuille. Salomé a raison : je vais affronter, aborder, relire, accepter mon œuvre... avec elle.

La chienne dort, sa respiration si régulière est attendrissante. Elle est étendue sur le flanc, les pattes allongées et posées les unes sur les autres en un geste d'abandon que je lui envie.

XI

J'avais disposé mes soldats de plomb entre les plantes et les fleurs du jardin familial. Des fourmis s'activaient, montaient et descendaient sur les boutons des pivoines, à la recherche du suc. En me voyant dans cette dimension minuscule, j'ai compris que j'avais la faculté de me projeter dans un autre monde, j'y étais, je marchais entre les tiges gigantesques des roses, escaladant les montagnes qu'étaient devenues les mottes de terre. Je n'ai pas eu besoin d'un Einstein pour comprendre le sens de la relativité. Dans ce jardin m'est aussi venu d'instinct le sens de la solitude. “Connais-toi toi-même, et tu connaîtras l'univers et les dieux”. Il y a quelque chose de métaphysique dans cet état solitaire. Dès que je crois avoir atteint un palier dans cette montée de la vie, je ne peux m'empêcher de la comparer à d'autres marches plus prestigieuses, difficiles à gravir. Si mon ego s'en satisfait, mon plaisir même s'en ressent et c'est moins facile à vivre. Je me suis donc mis patiemment à la découverte de ce que je suis en une quête solitaire : je l'ai faite avec mes livres, avec mes rencontres amicales et amoureuses, avec les enthousiasmes devant les surprises de la vie, mais jamais mêlé à la foule, porté par des cris d'ensemble, des slogans, par des pulsions grégaires. Je ne veux pas changer le monde, je veux me changer et je sais que l'univers en sera métamorphosé ensuite.

> *Oui tous les matins n'importe quel homme reconstruit le monde ; tel est le réveil, telle est la conscience ; et tous les matins le philosophe, par un réveil redoublé, admire ce réveil même, et reconquiert l'âme de l'âme.* (Alain, *Histoire de mes pensées*).

L'écrivain aussi peut considérer cette possibilité de tout recommencer, de faire table rase, de repartir de plus belle. Cependant l'écrit-il ou le vit-il ? De toutes façons, c'est une illusion, qu'on espère quelquefois possible mais qu'on sait tous irréaliste. Reprendre la lecture de sa vie avec une autre loupe, avec un autre alphabet n'est pas une chimère. Ces bribes de pensées exhumées de mes lectures anciennes, les interpellations de Salomé, me paraissent moins désagréables à entendre que je ne l'ai toujours craint.

Je ne veux pas enseigner, c'est le pourquoi de ma retraite, mais je veux apprendre, c'est la raison de la présence de Salomé.

Sur la table du petit-déjeuner, sous la véranda (est-ce une impression ? Je crois m'être moins servi de la canne pour m'y rendre), j'ouvre les petits récipients argentés pour humer la compote de prunes aux épices et la confiture d'orange, que je détestais tant lorsque j'étais jeune. Éva me sert lorsque Salomé, vêtue d'un ensemble pantalon gris perle, s'installe en face de moi. Que son parfum poivré délicat se mêle à celui du café matinal ne me gêne pas aujourd'hui.

– J'ai beaucoup lu avant de m'endormir et je n'ai pas voulu regarder l'heure. Mais j'ai passé une bonne nuit. Et vous, Gustave ?

Je souris en la voyant refuser le beurre sur la tranche de pain grillé et le carré de sucre de canne dans son café. Elle comprend mon regard et elle plisse les yeux comme dans un signe de complicité.

– J'ai lu *Poèmes à Lou*, dit-elle en rejetant sa chevelure en arrière et en dépliant sa serviette.

– Parfois très... descriptifs ces poèmes, non ? L'environnement guerrier sans doute.

– Ce n'est pas ça qui me frappe, mais l'étonnante facilité, comme innée, de se mouvoir dans des vers quasi classiques et dans des calligrammes en même temps. Comme s'il faisait un grand écart !

"Je pense à tes cheveux qui sont mon or et ma gloire
Ils sont toute ma lumière dans la nuit noire"

C'est d'une grande perfection dans sa simplicité.

– J'aimais aussi la *Jolie rousse* dédiée à Jacqueline Kolb :

Ses cheveux sont d'or on dirait
Un bel éclair qui durerait
Ou ces flammes qui se pavanent
Dans les roses-thé qui se fanent.

– Vous avez une excellente mémoire !

– C'est un poète que j'aime. La mémoire ne retient que ce que l'amour y a gravé. La séparation et les délires, l'attente, et l'érotisme... "Les souvenirs ce sont des jardins sans limite" écrit-il. "Je rougirais le bout de tes jolis seins roses, je rougirais ta bouche et tes cheveux sanglants..." C'est dans *Si je mourais là-bas...*

J'attribue son battement de cils étonné au contradictoire “jardins sans limite” qui doit la désorienter plus que le sein et la bouche.

Alors que cette nuit, j'envisageais déjà de reprendre la promenade avec elle dans le jardin, voilà que maintenant elle s'impose à moi avec force. Je le lui dis. Tikal a réagi aux mots qu'elle connaît, synonymes de joie partagée.

Le labrador de mes parents me servait de prétexte pour me frotter à la vraie vie, celle qui se déroulait hors de ma chambre et du cercle familial. Le silence en plein champ, sur ces chemins pavés et boueux en périphérie de la ville, favorisait le recul, me permettait de prendre la juste et relative mesure du monde extérieur. Le crépuscule décuplait la jouissance : j'étais dans l'ombre mais pouvais voir plus loin les rues éclairées. À cette époque, les lampes jaunâtres sous des soucoupes semblaient attachées à des fils tissés entre les bâtiments. L'innocence de ces balades se perdit à l'adolescence. La sexualité m'apporta ses désirs. Pour m'en sortir honorablement, je voulus couvrir tout ce fatras de romantisme littéraire et embellissais mes péchés sous des prétextes amoureux, auxquels j'étais bien le seul à croire. Durant quelques semaines, je fis coïncider la sortie du chien avec le passage dans la rue voisine d'une jeune fille de mon âge. J'ai du mal à me souvenir de ses traits, je me rappelle le manteau bleu marine, la démarche gracieuse et la tresse de cheveux châtains qui balançait dans le dos. Dans mes poèmes malhabiles, je disais que je l'aimais.

Tikal est assise et lève de temps en temps le museau pour guetter le signal du départ. Salomé ne tarde pas, elle porte un jeans et un polo. Alors que nous descendons la pente vers le mur qui cercle le domaine sur la gauche, ma canne s'enfonce dans la terre, laissant dans mon sillage l'évidence de mon passage. Plus que mes semelles et mon poids, c'est le signe de mon affaiblissement qui se marque là. Comme si ma pensée s'était glissée dans ma chair, je sens naître dans la cheville un léger mal, auquel je ne veux pas prêter attention.

– Des peupliers d'Italie, dis-je à Salomé en levant la tête. Un bruissement divin !

– Et même des bouleaux. On les reconnaît à leur écorce blanche et leurs branchettes pendantes !

– Laurent les a plantés quand je suis arrivé ici. Il voulait un contraste entre la prétendue pérennité des plus vieux arbres – et je vais te montrer un peu plus loin un chêne bicentenaire que j'adore – et la fraîcheur de ceux qui commençaient leur vie avec nous. C'est presque une idée d'écrivain !

Je ne peux m'empêcher de traîner la jambe, mais Salomé ne s'en aperçoit pas encore. Je me prends à détester ce handicap. Au moment de l'accident, j'ignore si c'est la douleur fulgurante ou si c'est la vue de l'os perçant mon pantalon ensanglanté qui provoqua mon évanouissement. Je crains moins la souffrance que ses conséquences qui m'empêchent d'agir à ma guise. Pourtant, ce n'est finalement que bien peu de chose en comparaison avec d'autres infirmités qui peuvent nous corroder.

Au pied du ginkgo biloba, arbre aux écus, aux feuilles bizarroïdes d'un vert si vif, Tikal aboie devant l'entrée d'un minuscule terrier. Je feins de l'observer pour me ménager une pause. Salomé semble l'avoir compris.

– Le temps est incertain et même assez frais, si on rentrait, Gustave ?

Je m'y résous. Déjà j'appréhende la difficulté du retour, sachant que je boiterai et me sentirai humilié. Pourquoi donc dois-je à nouveau me sentir responsable de mon apparence ?

La solitude me comblait, me permettait de créer et m'empêchait d'être trop content de moi, puisque personne ne m'encensait. Le besoin de reconnaissance, pour en avoir reçu maintes fois les marques, ne faisait pas partie de mes priorités. Comme tous les artistes, je tenais avant tout à la liberté et ne la vivais pleinement qu'entre les murs de mon bureau. Au pied de l'escalier en colimaçon, le mur recouvert de livres achetés chez les antiquaires respirait l'intemporalité. Sur le seuil du bureau, tout en longueur, je m'arrêtais pour contempler les bibliothèques vitrées qui garnissaient toute la pièce. Près des deux divans de cuir, une table coloniale était jonchée de papiers, d'écrits, de coupures de revues, de livres annotés, parfois ouverts et posés à l'envers. Mon siège de bureau était confortable, même s'il grinçait à chaque mouvement. J'élargissais à ma guise le cercle de lumière sous la lampe à crémaillère que j'avais héritée du bureau d'architecture de mon père. Parfois je ne voyais que mes doigts serrant la plume et courant sur le papier, parfois je voulais avoir sous les yeux les documents qui m'inspiraient, soit les fameux livres de référence classés dans la bibliothèque. Le silence – j'avais très vite éliminé toutes les sources sonores, y compris la musique – me recentrait sur moi-même. Lorsque j'écrivais, je veux dire quand j'étais au cœur de cette période délicate et fragile de la création d'un roman, j'avais le sentiment d'écouter quelqu'un d'autre en moi qui me dictait les phrases. D'un jour à l'autre, j'étais incapable de savoir ce qui se passerait dans l'histoire, dans la tête des personnages. J'écrivais quelques pages et puis cela s'arrêtait presque naturellement. Cela me surprenait un instant et puis je comprenais très vite : plus personne en moi ne soufflait mot. Heureux que l'histoire se poursuive, je passais à autre chose, mais la nuit s'engageait avec un peu d'appréhension : pourrais-je continuer ? Je me réveillais angoissé et enfin, bien avant l'aube et sous le cercle de lumière, ma main dessinait à nouveau l'histoire sur les feuilles blanches. J'étais sauvé, pour cette fois. La création durait des mois et représentait la partie la plus intense de mon travail. Je lus avec stupéfaction dans *L'Épopée de Gilgamesh*, un des plus anciens écrits de notre histoire, que ce roi d'Ourouk eut un moment comme compagnon Ourshanabi, un passeur. Il était l'intermédiaire entre le ciel et la terre, il vivait aussi en lui, c'était son silence intérieur à lui, son ange. Le mien m'inspira les romans et plus certainement encore l'éblouissement de certains poèmes.

Si je me targuais d'étudier les mouvements de l'âme, les miens mais aussi ceux des autres, je me rends compte aujourd'hui que j'ai toujours vécu en retrait : seul et enfin en accord avec moi-même, je n'ai approché mes semblables que lors d'obligations. Me suis-je une seule fois avancé sans raison précise vers quelqu'un ? Je ne connais rien de Salomé. Elle vit depuis quelques semaines à mes côtés et j'ignore comment elle vit sa rupture amoureuse et ce passage entre les études et la vie d'adulte. Peut-être ne tient-elle pas à en parler, mais comment le savoir si je ne lui propose pas de le faire ? Suis-je lâche ? Suis-je tellement différent dans ma vie d'écrivain et dans celle d'humain ?

– La vague odeur d'un feu, tout à l'heure dans le jardin, dit Salomé, m'a ramené à Istanbul. J'ai revu la banlieue : une femme, vêtue d'une robe bigarrée, entourée d'enfants et de volatiles, mendiait près d'un bidon contenant un feu de branchages.

Son pantalon de jeans et ses cheveux dénoués la rajeunissent. Quel rôle est-elle venue jouer dans ma vie ? Me bouleverser, sans aucun doute, mais en est-elle consciente ? Cette scientifique dépoussière aussi les rayons de ma bibliothèque intérieure, me forçant à rouvrir des livres, à revivre cette vie que je croyais close. Elle arrive à l'essentiel, en peu de temps, parce qu'elle est jeune et innocente ! Elle violente ma création, la met à jour, l'exhume, l'encense. Comprend-elle ce qu'elle déclenche ?

– J'ai commencé à classer les livres d'Aristote disséminés sur les étagères, dit-elle sans sourire.

XII

Cela ne m'arrive pas souvent : après le repas, je me suis endormi sur un divan du salon. Dans mon rêve, je devais parler de la vie d'Aristote et je ne me souvenais plus du nom d'Alexandre le Grand, dont il fut le précepteur. Mes premiers gestes sont de caresser Tikal, qui vient poser le museau sur mes genoux, et de bourrer ma pipe. Je fais attention à ne pas la laisser tomber et ne veux pas la casser… L'expression daterait de 1831 et trouverait son origine dans la mort en scène d'un acteur – il tenait le rôle de Jean Bart – appelé Mercier. La pipe qu'il avait en bouche se cassa.

Salomé est curieuse. Suivrait-elle la démarche de Charlotte, Marie-Laure et Clarisse qui se montrèrent de plus en plus curieuses, à mesure que ma notoriété grandissait ?

Clarisse m'interrogeait souvent sur la manière dont je créais, préférant parfois m'écouter plutôt que de faire l'amour. Après une période de vanité, je fus las de devoir jouer deux rôles en même temps : celui de créateur et celui d'analyste.

– La nuit, l'histoire continue donc à avancer dans ta tête ?

– Pas sûr… Je pense qu'elle préexiste et a besoin d'un certain temps pour se mettre en forme, pour apparaître, comme l'encre sympathique sur du papier blanc.

– Et si pour l'une ou l'autre raison tu n'as pas la possibilité d'écrire ce que te dicte cette inspiration, qu'arrive-t-il ?

– C'est une sorte de faute contre le sens même de ma vie. Je dois me rendre disponible pour suivre et traquer cette création. Il ne m'est arrivé qu'une seule fois de ne pas être en état : après un soir de beuverie, je ne me suis pas souvenu le lendemain des deux ou trois pages que j'avais en tête la veille. J'en tremble encore aujourd'hui, de honte et de colère envers moi-même.

– Tu es d'un exigeant, Gustave !

Je parlais plutôt debout, en arpentant la chambre de Clarisse. À quel signe de son instinct répondait-elle lorsqu'elle venait se placer contre moi en interrompant la conversation ? Ses mains se glissaient sous mes vêtements et ses caresses sur ma peau m'entraînaient vers le lit aux coussins violines, prune et lilas.

– Vous avez vu ce soleil, Gustave ?

L'après-midi est flamboyante. Je pose ma pipe, me munis de ma canne. Salomé me prend le bras, sa vitalité passe dans mon corps et me soutient, et nous descendons dans le jardin, sans nous presser ni traîner. Comme si j'avais toute la vie devant moi, je redécouvre une sorte d'insouciance raisonnable, qui m'envahit, certes, mais dont je connais les limites. Lorsque je tourne la tête vers Salomé, elle me sourit.

Elle passe devant moi sous une longue charmille chargée de plantes grimpantes. Je n'ai toujours vu dans le jeans qu'un exemple d'uniformisation des individus, mais sur elle il est sublimé. Le mouvement de ses hanches remue en moi d'anciens désirs et peut-être le sent-elle – les femmes devinent toujours tout – puisqu'elle revient se placer à ma hauteur. Je réfrène l'envie de lui prendre la main, ce geste innocent pouvant être mal interprété et je ne prends pas le risque. Tikal garde une grande avance sur nous, s'arrête de temps à autre, nous observe de loin, puis repart de plus belle.

– Votre expérience m'apporte beaucoup, Gustave.
– Mon grand âge, tu veux dire ! Je m'en passerais bien, j'échangerais bien cette “expérience” contre les erreurs, les pleurs, les tâtonnements et les interrogations de la jeunesse ! Mais tant mieux si cela te sert…

Elle reste silencieuse un court moment. On entend le galop d'un cheval sur le chemin à l'extérieur.

– Votre expérience ne vous a pas ôté la force de vivre, me semble-t-il, votre exemple est encourageant. C'est comme en amour…
– Oui ?
– Oui. Malgré l'épreuve que je viens de traverser et qui me déstabilise… je crois tout de même à l'amour quand je vois mes parents s'étreindre, se dire des mots tendres ou s'embrasser sur la bouche. Ils sont âgés, représentent l'autorité, sont de l'autre côté de la barrière. De les découvrir semblables à moi, je reprends confiance. Avec vous, Gustave, c'est un peu ça aussi…

Salomé se penche et cueille des jonquilles dans la futaie. Nous traversons un sous-bois à l'angle sud de la propriété : un sentier en ligne droite est bordé de charmes aux feuillages denses, de hêtres un peu hirsutes, de chênes aux feuilles lobées.

L'importance de cette déclaration ne m'échappe pas : je pressens que cette promenade va modifier le cours de mon existence. Salomé se livre avec cette impudeur de la jeunesse, ses propos spontanés touchent le cœur du problème. Mon acupunctrice procède un peu de la même manière lorsqu'elle appuie sur un point précis de mon corps, me demande si j'ai mal et puis enfonce son aiguille.

La force de vivre, a-t-elle dit. Une vie ne serait-elle jamais terminée ? Ce que nous avons accompli ne nous lâcherait jamais ? La lecture fortuite des poèmes ne la renvoie donc pas à une entité anonyme mais à son auteur. Lié à jamais à mon œuvre, je ne peux plus reculer et sais déjà que j'accepte cet avenir nouveau et inattendu. Pour l'avoir refusé longtemps – cela a dû me reposer –, j'y trouve une énergie renouvelée, l'âge me souffle cependant de ne rien précipiter. Je possède le recul, il ne me manque plus que la fougue qui réconcilie avec le monde de la création ; le monde souterrain et intérieur des manifestations, de l'éternité, des connexions universelles.

Salomé ramasse une pierre aux reflets rougeâtres et me la fait admirer. Je suis moins frappé par ses explications de géologue que par les inflexions attendrissantes de sa voix. Ce son rassemble les émotions les plus enfouies et on y débusque la vérité. J'étais parfois resté interdit (ne disons pas tombé amoureux, ne galvaudons pas le sens des mots) devant la richesse humaine que sous-entendait la voix d'une speakerine lorsque j'écoutais la T.S.F.

En hiver, j'avais l'habitude de me calfeutrer dans la petite chambre qui me servait aussi de bureau. J'aimais l'odeur particulière du petit chauffage d'appoint au gaz, de même l'émanation tiède et poussiéreuse des vieux radiateurs me plaisait, et j'adorais les filaments torsadés et rougis par les flammes, visualisation de la chaleur. Inspiré par les photos de grands écrivains, je crus bon de m'emmitoufler dans une robe de chambre, des pantoufles au pied et un bonnet de laine sur la tête. De temps en temps, je réchauffais une cafetière en aluminium sur la grille du feu et me servais une tasse sans lait, sans sucre. Un Balzac en herbe, mais qui ne parvenait qu'à réécrire la même histoire... la mienne. Seule la poésie pouvait m'élargir cet horizon : les vers maladroits me procuraient la ténacité indispensable dans ces exercices littéraires. Très vite, je ne supporterais plus d'interférence extérieure afin de saisir mes propres voix intérieures, mais en ce temps-là, je laissais la radio en fond sonore. Les programmes musicaux et de sensuelles voix féminines escortaient mes rêveries. Anaïs – j'ignorais encore que c'était un prénom d'emprunt – intervenait entre les disques en lisant des extraits de poésies : à l'évidence les poèmes, même écrits au masculin, pouvaient être lus par une femme.

Je t'aime pour toutes les femmes que je n'ai pas connues
Je t'aime pour tous les temps où je n'ai pas vécu.

Le lendemain, je courus me procurer le recueil de Paul Éluard. Arthur Rimbaud rêvait lui aussi son hiver pour elle, l'autre, l'inconnue à venir :

L'hiver, nous irons dans un petit wagon rose
Avec des coussins bleus.
Nous serons bien. Un nid de baisers fous repose
Dans chaque coin moelleux.

Pourquoi mon inconnue ne serait-elle pas cette fille lointaine que j'idéalisais dans son studio de radio ? Je comprends aujourd'hui mon attirance pour cet endroit intimiste, semblable à un bureau d'écrivain : le même silence discret qui permet le tête-à-tête et pourtant le même souci de communiquer avec les autres.

À quelques pas des chênes, une multitude de jeunes pousses ont pris racine. D'anciennes traces sont recouvertes de mousse. C'est la vie qui gagne. Comme pour confirmer ce lieu commun, un couple d'écureuils saute sur les branches, court sur le faîte du mur d'enceinte et disparaît dans un boqueteau de noisetiers. Nous ne les avions plus vus l'an dernier et Laurent les croyait morts ou partis à la recherche d'un autre gîte. En tout cas, ils sont pareils et me réchauffent le cœur, comme un message d'encouragement. De même, si les branches les plus basses des épicéas semblent roussir et mourir, les plus hautes poussent de plus belle.

– Magnifique !

L'exclamation de Salomé salue notre arrivée devant le plus grand des étangs. Roseaux phalliques, poules d'eau au caquètement suraigu, héron qui survole en planant, se pose, s'immobilise, canards sauvages entre deux voyages. L'opacité du fond vaseux me fascine, elle renvoie à cette pièce d'eau stagnante découverte à dix ans durant la fête nocturne, tout comme les saules évoquent Alfred de Musset :

> *Mes chers amis, quand je mourrai, Plantez un saule au cimetière Et son ombre sera légère à la terre où je dormirai.*

– Vous aimez les arbres !

– J'aime aussi la littérature sur ce sujet. Dans mon essai sur les symboles et les arbres, j'ai...

Pour la première fois, je laisse s'ouvrir la brèche dans la digue. La rencontre est inattendue et d'autant plus éblouissante ; autre chose qu'une discussion entre un critique littéraire et le sujet d'un article, qu'une apologie d'un lecteur convaincu et admiratif, que le panégyrique d'un collègue académicien.

– Venez vous asseoir, Gustave, le banc nous y invite !

Ces mots sonnent comme une chanson et me plaisent, comme son regard malicieux et sa main sur mon bras. Sa beauté me saute aux yeux tout à coup, et il me souvient du premier vers des Hamadryades de Pierre Louÿs : "Les arbres des forêts sont des femmes très belles".

Le banc nous invite ! Je me raidis pour m'y asseoir avec élégance.

– "Jardin étincelant
Cerclé d'orages
Et d'insectes affolés"
– Tu le connais par cœur ?
– Je l'ai retenu ! dit-elle avec une joie enfantine.

La présence de Salomé confère à cette promenade un air de parcours initiatique : chaque sensation est amplifiée, multipliée, métamorphosée. Comme en période de création intensive, chaque pore de ma peau est sensible aux sollicitations extérieures. Tout me touche, me transporte, m'enthousiasme : je suis écorché vif. Trop tard pour évaluer si c'est bien ou mal : je dois assumer cet état et moi qui m'étais emmailloté dans la certitude des dernières années de ma vie, me voici prêt à me dénuder.

– En Gaule ancienne, on utilisait le langage des arbres : les consonnes renvoyaient à des mois de 28 jours d'une année de 13 mois. Le sapin est l'arbre de la naissance.

Salomé se pique au jeu.

– Le chêne correspond à quelle lettre ?

– À la lettre "D", au mois de juin.

Elle regarde autour d'elle.

– Le bouleau et le saule ?

– Le bouleau, c'est "B" et c'est le premier mois de l'année, qui commence le 24 décembre. Le saule c'est "S", avril.

Paul Claudel explique que l'homme tient en équilibre, mais que l'arbre s'exhausse par un effort : "L'arbre seul, dans la nature, est vertical, avec l'homme."

Le vent fait naître sur l'étang des vaguelettes d'argent. Au-dessus des mouvements d'invisibles poissons ou de batraciens hideux, la beauté involontaire de l'accouplement de deux libellules formant un cœur. Je m'applique à bien respirer, fais entrer par petites goulées dans mes poumons, sans doute noircis par la fumée des tabacs, le parfum âcre. Machinalement, je tâte ma poche à la recherche d'un crayon – toujours si finement taillé – et d'un carnet pour y noter "goule" et "goulette". J'hésite, rougis même, je n'ai rien pour écrire.

XIII

Salomé me tend une feuille de papier pliée en quatre et un feutre noir. Je note les mots, les lis à mi-voix pour les intérioriser, les reconnaître, les palper et retrouve ce plaisir comme si je ne l'avais jamais abandonné.

Les alternances d'averses et de soleil chaud avaient rendu le petit jardin familial méconnaissable par la profusion de ses plantes et de ses fleurs. L'innocence de mes treize ans me préservait des soucis qui m'assailliraient plus tard : le spectre des péchés de la chair (surtout en pensée) me hantait à peine, je n'avais de l'argent que la notion vague glanée dans les conversations entre mes parents. Il n'y avait que nos professeurs pour s'inquiéter de notre avenir professionnel. J'étais couché dans l'herbe, ressentais les vibrations de la terre et du ciel et j'étais le conducteur. Du sol montaient les imperceptibles mouvements du feu, de l'eau et de la vie ; du ciel me caressaient les rayons du soleil, tamisés de vols d'insectes, de passages d'oiseaux, peut-être de fumées, de nuages. Mon regard s'y noyait et lorsque ce vertige – je voletais vraiment dans ces vapeurs – me fit peur, je portai les yeux sur le faîte du mur à ma gauche. Les branches démesurées d'un rosier le dépassaient, avec un balancement doux qui se découpait sur le bleu intense du ciel. Pour la première fois de ma vie, j'ai eu envie de décrire cette image et le sentiment qu'elle m'inspirait. Je l'ai fait.

Le jardin potager de Laurent est un ravissement pour les yeux : toutes les nuances de vert se côtoient, vert acide, brillant, émeraude, vert pomme, épinard, artichaut, vert asperge, vert menthe. Mon installation dans cette maison m'apparaît soudain comme une "mise au vert", j'ai pris du repos pour recouvrer mes forces et pas, comme je l'ai cru, pour cesser d'exister. Salomé coupe entre ses ongles ovales une branche de persil et la mâchonne.

Délimité par des espaliers, sur lesquels poussent des vignes et des poiriers, le jardin d'herbes jouxte quelques serres. J'en savoure à l'avance la chaleur moite et confinée.

Par moments, Salomé semble lointaine et mélancolique et je devrais l'interroger, je le sais. N'est-elle que la messagère des dieux, celle qui vient me hisser hors du piège, ou a-t-elle besoin de réconfort, d'un échange ? Dois-je lui demander si la blessure de sa séparation amoureuse se referme, tenter de la consoler par ce que je connais le mieux : des textes, des aphorismes, des poèmes ? Me serais-je déjà trop enfermé dans mon égocentrisme ou redouterais-je de ne pas maîtriser cette relation si différente de celles que j'ai connues ? Alors que sa jeunesse et sa candeur devraient me rassurer, elles me plongent plutôt dans une gêne bizarre, comme si je savais que mes gestes seraient dépourvus de leur innocence première. J'ai peur de salir ce qui m'arrive de plus pur depuis la nuit des temps.

La moiteur végétale de l'abri de verre m'enivre, tel l'alcool de poire glacé ou le tabac grésillant dans ma pipe.

– Aimes-tu cette touffeur ?

– Oui, c'est agréable mais il y trop de parfums, cela m'oppresse un peu.

Cette concentration de fragrances lui ferait gagner du temps pourtant dans sa perception des choses, mais elle n'a pas conscience de l'urgence de vivre, ne prend pas la mesure du temps qui s'écoule. Est-on capable de l'envisager avant d'avoir vécu quelques décennies ? A-t-elle ressenti l'ensorcellement lié au lieu ? Elle fait grincer la porte rouillée pour sortir et retrouver sa liberté de respirer.

Un dimanche d'été, en visite chez mon oncle, je m'étais isolé dans son jardin de province, un carnet de notes sous le coude. Je n'ai pas été un adolescent perturbé : obsédé par l'écriture, je délaissais les combats – si légers ! – menés par les autres jeunes de mon âge. Je me voulais donc observateur des événements : s'il le faut, mes écrits traduiront un jour mes excès et mes révoltes, à condition qu'ils soient toujours d'actualité. Avec le regard du témoin subjectif, je relevai les injustices, analysai les comportements, quelquefois les actions politiques. Je transcrivais surtout mes états d'âme que je situais à une distance infinie des préoccupations quotidiennes et de celles du commun des mortels. Le jeune homme solitaire et gauche qui parcourait l'allée du jardin n'imaginait pas pouvoir se tromper : il allait contrôler sa vie en lui fixant un but. La déclivité du terrain m'avait caché la serre et ses pans de verres noircis par les pluies. Je dus pousser de l'épaule pour forcer l'entrée. Les senteurs fortes et l'humidité chaude me prirent à la gorge : j'hésitai, puis m'y plongeai, comme dans un bain bouillant. Une grande jouissance submergeait tout mon être et je ne fus donc pas étonné par mon érection.

Tikal semble suivre la trace d'un animal : la truffe au sol, elle zigzague entre les arbres. Nous suivons l'allée bordée de peupliers pour rallier un labyrinthe élaboré avec des haies de buis. Nous pouvions nous en échapper en passant par-dessus les buissons, mais ce serait enfreindre un non-dit.

– Le labyrinthe existait avant votre arrivée, j'imagine.

– Le propriétaire précédent était très fier de ce dédale. À ce propos, c'est mon père qui me parla le premier de Dédale, architecte comme lui.

Pendant un court instant m'apparaît sa silhouette penchée sur sa planche à dessin ; son nez busqué dans le cône de lumière qui jaillit de l'opaline verte. La table de travail est maintenue à la hauteur désirée par un système de contrepoids, de poulies et de cordes tendues. L'axe central de son tabouret est dévissé au maximum. Oh ! Je revois le mouvement de sa langue qui suit le dessin et ce tic qu'il n'a jamais pu ou voulu corriger m'a rapproché de lui.

– Il faudra faire attention aux ronces, si nous y entrons.

Salomé repousse du coude une branche épineuse : la construction végétale, où le lierre, le daphné et la bruyère se sont enchevêtrés, n'a pas été essartée et je ne veux pas m'y risquer. J'ai visité des cathédrales où les fidèles suivaient à genoux les méandres du pavement d'église, tel un labyrinthe. Dans le "Palais des glaces" de mes foires enfantines, une variante de ce jeu effrayant, je me cognais aux miroirs et aux vitres. Mon impossibilité à en sortir fit l'objet de quelques-uns de mes plus beaux cauchemars qui valaient d'autres délires : à la moindre angine, ma température montait à quarante, voire à quarante et un degrés. Parfois aussi je me réveillais en hurlant, épouvanté de ne pouvoir passer, comme dans la Bible, par le chas d'une aiguille. J'aurais dû apprendre plus tôt, comme bien d'autres secrets, que ce "chas" était un mot déformé qui désignait à l'origine une porte basse pour pénétrer dans une ville antique, ce savoir qui m'aurait évité d'être ce que je suis devenu : un homme pétri de timidités et de certitudes.

Nous remontons en direction du haras.

Les nuages décousus
Projettent dans l'atmosphère
Le murmure infini :
La terre
Ne répond plus.
D'élégants animaux
Galopent dans les prairies
Derrière les vagues ensoleillées.

Ces chevaux, la crinière au vent, existent hors de toute raison et c'est ainsi que je les aime. Les meilleurs moments de ma vie se sont résumés en une impulsion, une émotion, un mouvement de l'âme. Je n'ai eu nul besoin de cause et de mouvement, comme Aristote en discourait. Ses écrits pouvaient toutefois me déculpabiliser, justifier par la déontologie mes agissements parfois déshonorants. Aristote légitimait mes écarts : "Un homme prudent et juste peut être et intempérant et incontinent." Estimant que nous ne sommes ni bons ni méchants, il n'y a pas de héros parfaits, mais le poète peut l'imaginer.

– Vous ne m'écoutez pas ? Vous êtes fatigué ?

– Non.

– Je vous demandais si vous aviez fait du cheval vous-même, Gustave ?

– Chez des amis, une fois ou l'autre, mais je ne me suis jamais senti à l'aise. L'animal est trop grand.

J'en admirais la beauté. Et la croupe des juments m'entraînait vers des pensées peu sages, dans des zones inavouables du cerveau. Salomé joue avec Tikal, lui lance une branche. Il ne rapporte pas. Il la mordille, la casse. Dans la lumière douce, ce tableau, dans lequel je m'insère, me paraît des plus paradisiaques.

– La mémoire est une chose bizarre, dit Salomé. Depuis quelques jours, et là, maintenant en particulier, je me sens toute neuve. J'oublie ce qui m'a blessée.

– Il faut entretenir cette faculté, aider notre cerveau à faire le tri de nos souvenirs. Cela n'enlève rien à la profondeur des brûlures ni à celle des baumes.

Elle me regarde comme si je l'avais devinée. Son front se plisse. Elle se demande si elle m'a vraiment parlé de son amour déçu, de sa peine, de son envie de tourner la page. Le sourire qui naît sur ses lèvres est d'une telle délicatesse !

– Je suis heureuse de vous avoir rencontré. Et j'aimerais que vous me promettiez quelque chose.

J'ignore ce qu'elle veut me dire. Je m'appuie un peu plus sur ma canne. Elle prend ma main et pose sur mes doigts un baiser tendre.

– Remettez-vous à écrire.

XIV

Le soir venu, près de la maison de mon grand-père, seule la vitrine de la modiste était éclairée, baignant les chapeaux sur les têtes de cire alignées dans une lumière jaunâtre. Ce lieu m'interloquait par son mystère fait de visages immobiles et abstraits et de coiffures ternies par le manque de lumière. L'absence de vie de la boutique même, où jamais quelqu'un ne semblait passer la porte. Le magasin a disparu, mais je retrouve cette atmosphère dans des scènes de *Barry Lyndon* de Stanley Kubrick. Par souci de perfection formelle, le réalisateur n'a utilisé pour tout éclairage que la lueur des bougies et des candélabres. La modiste évoquait mon passé et j'ai parfois tenté de reconstituer cette ambiance dans des pièces du manoir, pour les plaisirs d'une pensée vagabonde à la recherche d'images perdues, du frémissement de fantômes et de la nostalgie du temps qui passe. Le plein soleil me convient mieux à présent.

Salomé me parle ce midi du classement de la lettre "A" et des morceaux choisis dans Aristote et Alain. Par une coïncidence, qui ne peut se produire que dans la vie réelle, elle découvre le début du chapitre XL des *Préliminaires à l'esthétique*, intitulé "Les jeux de la couleur", daté du 12 décembre 1921 : "Tout le monde connaît ces figures de cire qui sont l'enseigne des coiffeurs. Nous étions fatigués de ces masses neigeuses sans modelé et sans couleur, et de ces yeux de poupée..."

– Il parle de la nature, des artistes qui copient la nature, des couleurs. Presque à la fin du texte, il écrit : "Un homme qui colore ses pensées n'a pas pour unique fin d'exprimer le vrai, mais plutôt d'éveiller l'attention."

– Tu es bien plus littéraire que je ne l'imaginais.

– Je comprends votre remarque, mais j'ai toujours aimé la lecture et y ai trouvé un contrepoint à mes études. Je me suis même demandé si je ne sauterais pas la barrière pour me retrouver dans l'autre camp.

– Mais il n'y a pas de barrière.

– Exactement. C'est pourquoi je n'ai rien changé.

Ses cheveux sont relevés sur la nuque. Elle paraît ainsi d'une telle fragilité. Elle a revêtu son ensemble gris, jupe mi-longue et veste cintrée et je sais qu'elle va s'absenter. De temps en temps, sans que ce soit systématique, elle prend une demi-journée de congé, une soirée parfois, comme convenu lors de notre première rencontre. Jamais je n'ai eu la curiosité de connaître la cause ou la destination de ses sorties.

En boutonnant son manteau, Charlotte passait devant la table où j'écrivais et me lançait un "à tout à l'heure" qu'elle voulait chargé de sous-entendus. Elle croyait attiser ma jalousie, mais le travail auquel je me livrais était le meilleur antidote pour neutraliser ce poison. Qui plus est, mais pouvais-je le lui dire, la solitude m'apaisait : je pouvais me permettre des pauses sans remarque, des jambes allongées sans reproches, des phrases prononcées à haute voix sans questions. Au début j'imaginais ses occupations : les bavardages entre jeunes femmes, les conseils, les rumeurs ou rendre de menus services, comme garder les enfants d'une telle ou faire les courses d'une autre. Elle riait quand je l'interrogeais à son retour, entretenant un mystère qu'il ne me passionnait pas de percer. En réalité, elle remplit ses échappées de mille occupations différentes en intensité et en intérêt. Elle finit par me tromper.

– Ne m'attendez pas, je rentrerai dans la nuit.
– Sois prudente, Salomé !

Par quel prodige suis-je soudain responsable d'elle ? Je n'ai plus faim, le fais savoir à Éva et reste seul, partagé entre la mauvaise humeur et l'exaltation. Comme si je n'avais plus mon jouet, comme si la chanson était finie et que j'en avais raté quelques nuances, comme si le fruit était avalé : pour en cerner toutes les saveurs, il faut en éplucher et en débiter un autre. Mais j'éprouve en même temps la sensation unique d'être stimulé de l'intérieur, du fond de ces zones inconnues où bouillonnent l'énergie, la puissance, le désir, l'imagination. Je m'essaie à une grille de mots croisés difficile. La seconde définition horizontale ne me déçoit pas : en trois lettres, le système érythrocytaire qui répartit les groupes sanguins et je n'ai que la deuxième lettre, “B”. Cette abréviation devrait me ravir, me plonger dans des dictionnaires médicaux, mais d'autres mots me passent sous la plume : voyage, envol, beauté, univers. J'agis, me regarde faire, retourne une feuille pour y jeter ces substantifs. Ma main n'en reste pas là, elle trace un mot, puis deux et trois de ma petite écriture, elle avance, semble à peine respirer et passe à la ligne : elle forme des vers.

Un mot suffit
Pour que l'univers
S'élargisse
Un appel aussi.

Tantôt, le temps s'étire, tantôt il se concentre pour moi. Je sais que l'heure tourne. Vertige. Qui nous inspire ?

Le voyage commence
Dans l'herbe de la prairie.

J'ai les yeux ouverts et pourtant le jardin s'étale sous mes paupières. Me viennent des images malgré moi. Bonheur. Trop plein. L'âme déborde. Mes mains sont fébriles.

Il prend la mesure
De l'envol
Aux nuages ronds.

Oui, Salomé, moi, les autres, la chienne et des arbres, le ciel et l'avenir sont pris dans ce grand tourbillon. Entonnoir dans le ciel, dans le subconscient.

Les reflets
Et les anomalies
Tendent des ponts.

Dieu ! que mon souffle s'accélère sous le coup de ces révélations. Je bois ma quatrième tasse de thé tant ma gorge est sèche. Je frissonne, vis, revis, éclate, implose. Je deviens fou.

Je savais les pièges
Et que la vie

Projette ses ombres,
Le spectacle pourtant
Est d'une beauté
Indicible.

C'est fait. Je n'irai pas plus loin. Je me laisse retomber en arrière contre le dossier du fauteuil, les muscles endoloris sous la tension. J'ai mal partout, mais suis bien. Deux heures se sont écoulées.

– Maître, vous ne désirez vraiment rien manger ?

L'intrusion de José coïncide trop bien avec la fin de ma composition et je le soupçonne de m'épier depuis quelque temps. Faim ? Non ! Mais la soif me fait boire trois grands verres d'eau. Je veux appeler Salomé puis je me souviens de son absence. J'essaie de ne pas en prendre ombrage et m'allume une pipe avec l'impression plutôt rare d'y chercher une compensation.

Marie-Laure avait insisté pour que nous acceptions l'invitation : non seulement je n'aimais pas sortir, mais avec elle, ça tenait de l'épreuve de force. Chaque regard échangé, chaque sourire esquissé était prétexte à exacerber ma jalousie. Partagé entre l'indifférence et la souffrance inutile, je la sentais m'échapper. Nous entrâmes avec un confrère de l'Académie et fûmes accueillis par un jeune homme poli. Un murmure m'escorta dans le couloir central. À cette époque, imiter ma démarche caractéristique, élastique, suffisait aux caricaturistes du music-hall pour m'identifier. Il fallut serrer les mains, embrasser, faire l'accolade, trouver le mot banal mais juste. Quand enfin nous fûmes assis, les musiciens, noirs pour la plupart, de la grande formation de jazz accordaient déjà leurs instruments. Leur technique me parut bien éloignée de celle des classiques, que j'avais fréquentés jusqu'alors. Lorsque le chef vint saluer, quelques sifflets jaillirent du public. (À l'entracte, j'appris que c'était la coutume.) Des claquements de doigts, rythmés, syncopés annonçaient le scat d'Ella Fitzgerald apparaissant dans le halo blanc lumineux de la poursuite. Elle entama ensuite une ballade, et là encore je fus surpris par les applaudissements au début de la chanson : le public avait reconnu le thème. Après cette soirée de jazz, j'achetai un long-playing avec ce *Ev'ry time you say goodbye* de Cole Porter qui m'avait envoûté.

Je promène la flamme d'une longue allumette au-dessus du fourneau de ma pipe et le grésillement des brins rougeoyants me ravit l'oreille.

J'avais pu préserver une solitude chèrement acquise, je la pensais méritée : elle ne me pesait pas, puisque volontaire. Aujourd'hui, cet isolement fait sourdre en moi de la mélancolie. Salomé a-t-elle déjà répertorié ce passage surligné dans *Calligrammes* de Guillaume Apollinaire :

> *Il y a des hommes dans le monde qui n'ont jamais été à la guerre*
> *Il y a des Hindous qui regardent avec étonnement les campagnes occidentales*
> *Ils pensent avec mélancolie à ceux dont ils se demandent s'ils les reverront.*

Il est trop tard : elle a décloué les embrasures qui mènent au fond de moi et ma mémoire ouvre tous les livres. Les instants vécus sous le sceau de l'émotion déferlent dans un tourbillon vertigineux : mon dernier combat a donc échoué. Il semble inutile et impossible, tant le sentiment de tendresse m'envahit à présent. Le bout de mes doigts frôle une joue, des lèvres effleurent mon ventre, entre mes bras se love la femme aimée. Soudain Salomé est associée à cette émotion. J'en suis terrorisé, vraiment affolé si je m'en réfère aux palpitations de mon cœur. “L'espace renversé”. Oh, ces parcelles de phrases qu'on nomme vers et qui se mettent en place dans la mémoire ! “C'est encore l'amour et ses délires”. Les mots m'attendaient donc, tapis dans une autre dimension ? “L'évanouissement du temps”. J'arrive à peine à le croire, moi qui pensais avec fatuité avoir fait le tour de la création littéraire. Le flot ne se tarit plus. Comment nomme-t-on cette exaltation ? Délire poétique ? Enivrement créatif ? Extase artistique ? J'ai quinze ans à nouveau ! J'écris.

L'après-midi s'étire, j'en savoure chaque seconde. Ma sensibilité sourd de tous les grains de ma peau et accueille les perceptions de mes cinq sens. Telle l'abeille grappillant le pollen, tout m'impressionne, tout me fait vibrer, tout m'exalte. Mais l'âge me donne le pouvoir inédit de contrôler cette exultation : je la ressens, mais je l'analyse ; je l'éprouve et pourtant je peux la tenir à distance. Je la traduirai bientôt dans les mots. La contradiction possible se vit avec harmonie : je suis un créateur, un artiste, un écrivain. Je le suis encore. L'orgueil m'envahit, cependant il ne s'adresse qu'à moi et ne fait donc pas naître sa faiblesse associée. Me revient ce chemin de traverse au fond du jardin : j'y avance sous le soleil resplendissant juste au milieu de la haie formée par les arbres de chaque côté de la route. Je suis Moïse hypnotisé se dirigeant vers Yahvé entre les flots de la mer Rouge retenus par le vent. La foi en l'écriture m'est redonnée, je ne me pose plus de questions à son propos : elle existe, je dois m'y abandonner puisque c'est ma voie. Finis le doute et la solitude. Je ferme cette parenthèse aux coloris ensorceleurs.

XV

Je m'attendais à retrouver un bureau et une bibliothèque empoussiérés, mais tout est rangé et propre. Mon cœur bat plus vite quand je pose ma main sur l'écritoire ancienne, placée symboliquement à l'entrée de ce lieu. Parmi les livres aimés, quelques rares bibelots pittoresques brisent la rigueur de l'ensemble. Aucune photo. J'avance en m'aidant de la canne pour ne pas glisser sur le parquet de bois. Enfin, je m'enfonce dans le haut fauteuil de cuir face au bureau massif. Mon encrier, mes stylos, mes crayons à la pointe taillée sont prêts à l'emploi. Sous le large sous-main au buvard brun et immaculé, je découvre une feuille de papier couverte de l'écriture de Salomé, seule trace de son passage.

Elle a inscrit tout au-dessus : Audiberti Jacques, et plus bas, en caractères minuscules – des pattes de mouche, sans doute intentionnelles – cette phrase qui me laisse perplexe : “Un con qui marche vaut dix intellectuels assis”. En travers de la feuille, entourées de rouge, deux phrases de *L'Effet Glapion* (que j'avais vu à la fin des années 1950) : “Une fille qui vous occupe équivaut à l'immensité” et “La vie est faite d'illusions. Parmi ces illusions, certaines réussissent. Ce sont elles qui constituent la réalité". Même mise en page pour *Le mal court* : "Méfions-nous des mots qui disent d'avance, pour ainsi dire, ce qu'ils veulent dire, et qui le tuent dans l'œuf, des mots qui sont une musique, une propagande, une fumée" ; "Il faut que le monde soit clair. Si les cœurs étaient clairs, le monde serait clair". Elle a noté, semble-t-il, plus tard dans la marge : retrouver texte *La chanson pour le maçon*, Claude Nougaro :

Jacques Audiberti, dites-moi que faire
Pour que le maçon chante mes chansons.
– Eh bien, mon petit, va-t-en chez mon père
Dans le vieil Antibes, derrière la mer
Il a sa maison, rue du Saint-esprit.

Je retourne la feuille et cette fois en grands caractères d'imprimerie soulignés : "L'homme et la femme ne se rencontrent qu'une fois".

Salomé n'a pas dû trouver la pensée suivante, que j'avais relevée dans *Des tonnes de semences* (le recueil se trouve-t-il encore dans la bibliothèque ?) : "Un trésor, c'est pour qu'on y touche".

Un malaise me surprend : est-ce la résurgence des souvenirs ? La lecture des notes sur le bureau ? L'odeur forte de la cire ? Au fil des années, j'ai appris à apprécier cet arôme, somme toute plus compliqué, moins sucré. L'enfant prenait plaisir à l'essence de la rose et de la lavande, l'adulte a un faible pour le myrte, le cèdre. De l'encens, je n'appréhendais pas la fonction d'être "agréable à Dieu" : il me faisait suffoquer ! Le cheminement a été le même pour les aliments : il me fallait passer du doux à l'âcre, du sucré au poivré ; tant d'années pour qu'une huître ou du caviar me soient plaisants au palais ; que de tentatives avant que je ne recrache pas le whisky ! Pour aborder des *terra incognita* et apprendre à y trouver une valeur, il nous faut abandonner les idées préconçues.

J'avais imaginé moi-même l'ameublement et la décoration de cette maison, la voulant à l'image de mes désirs : l'ordre, la beauté, le calme. L'harmonie des bibliothèques le long des murs, l'unité des tons des boiseries, l'éclairage atténué m'ont apporté l'assise idéale pour coucher sur le papier le tumulte de mes pensées. En contraste. À l'instar de l'acteur de théâtre, l'écrivain doit désirer se donner, s'abandonner entièrement, partager généreusement l'acte artistique, aidé par un cérémonial, des rites : le silence d'une loge, les trois coups, la taille d'un crayon, le décor ordonné.

Je veux me détendre, me penche en arrière jusqu'à ce que mon occiput rencontre l'appuie-tête. Naguère, entre deux paragraphes compliqués à rédiger, je forçais mon esprit à vagabonder dans une situation et un lieu agréables. Ce fut longtemps une promenade virtuelle dans un chemin de campagne, entre des noisetiers et une haie d'aubépine en fleurs. J'y marchais sans effort – glissais ? – vers un bois de mélèzes, un grand parallélépipède vert sombre, dont je ne dépassais jamais l'orée. Parfois ce cheminement bucolique m'aidait à trouver le sommeil, après une journée fébrile et bousculée.

J'ai lu tous les livres qui m'entourent et m'en vantais chaque fois qu'un journaliste s'extasiait sur leur nombre. "La chair est triste, hélas, et j'ai lu tous les livres". Je prenais plaisir, de manière bien sotte, à citer ce début de *Brise marine* de Stéphane Mallarmé, pas pour l'émoussement de la jouissance mais pour la performance de la lecture.

Lorsque le volume et le poids du livre l'exigeaient, je signais sur place dans un bureau de l'éditeur. Je tentais de faire baisser l'échafaudage des livres empilés tête-bêche, en cochant les noms sur la liste du service de presse. J'ai tant lu de dédicaces se voulant faussement modestes, mais enjôleuses, que j'en ai inventées moi-même (Il m'est arrivé d'avoir recours au subterfuge du petit carton "Hommage de l'auteur absent"). En guise de pause, je me levais, assouplissais l'articulation de mes doigts, faisais quelques pas sous le regard sépia des auteurs de la maison, pour la plupart inconnus et décédés.

Les battements de mon cœur s'accélèrent ; je bois une gorgée de thé tiède, et sors du tiroir de droite une rame de feuilles blanches. Je dévisse le capuchon de mon stylo. La plume d'or luit et me fascine. Je pose le poignet pour qu'elle touche le papier et trace le "S" majuscule, important, sobre cependant, de Salomé. Je ne suis pas dupe de la place qu'elle prend dans ma vie et bien qu'elle me renvoie à toutes les femmes que j'ai connues – si mal, soit ! –, je n'en ressens nulle ambiguïté. Elle résume toutes les facettes de la féminité et je projette, c'est probable, mon imagination sur sa personne parce qu'elle est présente, jeune. Elle est mes maîtresses avec leurs hanches désirables, ma mère avec son attention, une petite sœur que je n'ai pas eue avec sa complicité souriante, une amie qui m'écoute et me guide dans mes choix. Nul désir trouble – non, ce n'est pas l'âge : j'ai encore des envies et je m'en arrange – car son attitude et sa perception personnelle la mettent hors de cause.

Je retrouve mes marques parmi l'alignement des livres, la courbe sobre d'une lampe, le charme de cet animal sculpté dans l'ébène : une girafe d'Afrique que m'offrit un confrère poète de là-bas.

Dans la spirale
La disproportion des mondes.

Je n'ose presque plus penser consciemment pour ne pas rompre cette naissance, n'écoute que le grattement jubilatoire de la plume qui écrit.

L'oubli d'un orage
Qui dessine ton âme :
La vérité se mérite.

À la ville, je m'interdisais le tutoiement. La vie, où je baigne maintenant, légère et extatique, qui me tombe dessus telle une foudre bénéfique, électrise mon être, tandis que les mots jaillissent de ma main.

Aux vies successives
Se définissent les choses.
Voici que le sommeil
Caresse la terre.

Les larmes sur mes joues ne traduisent que ma passion de créer. La douleur dans mes phalanges et la raideur du cou me rappellent que le temps, l'âge et l'heure passent. Un manque, une petite mort d'après coït littéraire m'envahit : je suis assoiffé et affamé et mords à pleines dents dans la tranche de cake. Je vide en quelques lampées le jus de fruits exotiques.

Je reconnais, au pied de la marche ratée de cet escalier imaginaire, ma déprime. Tout semble accompli : au fond de l'impasse, on ne peut que se retourner et contempler le chemin parcouru. C'est une occupation bien vaine. L'optimisme peut pallier le manque et nous nous disons que nous aurons enfin le temps de nous décontracter, nous reposer, détachés de la tension créatrice permanente ; bref, nous allons vivre... Ces résolutions durent le temps d'un haussement de sourcil, d'un souffle sur la peau, d'un sourire esquissé. Pas plus.

Le léger cliquetis des pattes de Tikal sur le parquet me distrait. Elle se dandine, sa queue remuant au gré d'un élégant balancement, et pose sa gueule sur mes genoux avec une telle affection ! Je lui flatte le cou. Elle s'en va retrouver sa place, près du fauteuil, s'y couche en soupirant, les yeux tournés vers moi presque invisibles sous ses longs poils gris.

Notre destinée est-elle si précaire, qu'une rencontre peut en modifier le trajet, pourtant dessiné, bâti et consolidé ? Mon tracé me semblait clair et voilà qu'une inconnue brouille ma vue ! Elle me dirait l'inverse : j'étais dans l'obscurité et elle m'aide à sortir de ma grotte érémitique. Le sol sera-t-il toujours mouvant sous mes pas ? Aucune certitude sur laquelle peut s'appuyer mon esprit, comme mon corps le fait sur ma canne ?

Comme d'habitude, le meneur des débats avait des difficultés avec le fil du micro : l'effet Larsen devenait trop souvent le fond sonore de ces salons littéraires. Un public d'étudiants entourait une dizaine d'auteurs, assis en cercle. J'étais le plus jeune, n'avais encore publié que deux ouvrages et le présentateur insista sur ma précocité. Tantôt les intervenants critiquèrent l'absence d'une femme écrivain, tantôt ils s'en prirent aux deux jurés d'un prix littéraire présents sur le plateau pour stigmatiser les accommodements avec les grandes maisons d'édition, dont ils sont redevables. Quelques sujets rebattus furent épuisés : l'engagement politique, le style nouveau, le rapport avec le public. Je m'apprêtais à accepter d'avoir perdu mon temps, lorsqu'une question concise m'interpella. Le temps d'attraper le micro, dont le fil se tortillait entre les jambes, j'avais repéré l'étudiant qui me la posait. De grands yeux sombres sous une chevelure en désordre, un début de barbe, il ne devait pas avoir vingt ans.

– Pensez-vous que l'écriture vous aidera à vivre ?

J'évacuai au plus vite le volet prosaïque de sa double interrogation, matérielle et spirituelle, pour en venir à l'essentiel.

– J'écris pour me découvrir, pour savoir ce que nous sommes. Je compte bien y arriver sinon, j'aurais pris une autre voie.

Il eut une sorte de rictus, surmontant sa timidité.

– Vous allez chercher des réponses ? J'avais cru que le rôle de l'artiste était de poser les questions, pas d'y répondre.

Je ne suis pas libre. Je peux enfermer pour un temps ma conscience, mais rien n'est hermétique dans le domaine de l'esprit. Rien ne peut lui être imposé, on peut juste suggérer et espérer. Ainsi les errements nous poursuivent, indélébiles, il nous faut les identifier, les reconnaître pour passer outre. Au fond, on m'a menti : la confession des péchés, personnelle ou partagée, auriculaire ou publique, n'existe pas ou plutôt ne fonctionne pas. Ils sont peut-être pardonnés (mais du pardon on peut s'occuper soi-même) mais ils ne s'effacent pas. Impossible de tout reprendre à zéro. Le moindre geste et la moindre pensée s'impriment en nous à jamais, tels les "cookies" dans le disque dur de l'ordinateur, comme dirait Salomé. J'aurais tant voulu ne plus être culpabilisé.

Éva me pose une question. Je réponds non.

Je ne sais pas quand Salomé compte revenir.

XVI

“Monseigneur, la difficulté de réussir ne fait qu’ajouter à la nécessité d’entreprendre.” Beaumarchais, dans le *Barbier de Séville*. Il est grand temps d’entreprendre la bonne et ultime quête et j’entrevois qu’elle pourrait ne jamais s’achever. Il neige. Le paysage, que je découvre ce matin, pullulement de flocons à l’approche du sol, est comme un négatif de photographie : ciel noir et terre blanche. Dire que Salomé me rend perplexe est en deçà de la réalité. Il est urgent de m’adapter à cette situation inédite, d’en appliquer les conclusions éventuelles. L’homme ne peut-il donc jamais s’arrêter de réfléchir, depuis qu’il a découvert cette faculté magique ? Ce cerveau ne s’emballe-t-il pas ? Ne tourne-t-il pas à vide, en spirale sur lui-même dans des circonvolutions de toute beauté mais gratuites, comme un objet d’art uniquement décoratif ? Ne puis-je résoudre mes mots croisés et ne penser qu’à ça ? Salomé m’a envoyé une courte lettre pour s’excuser de son absence et me promet des nouvelles pour bientôt. J’en suis quitte à imaginer toutes les interprétations, et à peine mon esprit échafaude-t-il des hypothèses : retour d’un fiancé, travail nouveau, dépression... que mon bon sens me souffle l'abandon de ces pistes. Je n'en retirerais qu'amertume et angoisse. Le destin proposera des chemins et au carrefour suivant, je choisirai selon mon intuition. L'histoire doit se dérouler de manière adéquate et à son rythme. Quand j'ai voulu me précipiter, je m'en suis mordu les doigts. Toujours ! Aucune exception à cette règle !

Enfant, nous n'étions pas égaux au jeu des glissoires : il fallait des semelles de cuir, celles de crêpe ne permettent pas de glisser si bien et si loin. Nous nous pressions au bout du préau, attendant notre tour, repoussant nos camarades, ironiques, persifleurs ou hostiles. Puis nous nous élancions. Le plus difficile était à venir : il était impératif de parvenir à courir, l'espace de quelques enjambées, sur la glissoire luisante même. C'était le moment critique de l'apprentissage et des risques les plus grands. Enfin, les jambes fléchies, les bras tendus en équilibre, nous tentions de nous laisser porter le plus loin possible sur cette petite piste luisante. L'élan pris – l'impulsion reçue à l'origine – est déterminé par le destin. Par la suite, l'homme doit s'adapter aux circonstances, aux chocs extérieurs, aux vociférations des autres. Tout comme on quitte un escalier roulant emporté par l'élan, nous faisions quelques pas au-delà de la glissoire. Libre à nous de nous laisser tomber, d'abandonner, de disparaître, de mourir. Les joues rouges d'excitation, nous retournions prendre place dans la queue. Le miracle de l'enfance est de croire qu'il est possible de tout effacer pour recommencer autrement et mieux. Combien de chutes, de plaies et de bosses, d'humiliations, de frustrations, de jalousies… pour une illusion.

Je suis à l'écoute de mes délires, bien plus qu'au gargouillis de la légère fringale qui me crispe l'estomac. Je visualise les connexions dans le cerveau : les étincelles bleues grésillant entre les neurones, les lueurs vertes explosant aux embranchements microscopiques. Les mots se forment, les phrases se construisent à une vitesse impensable, elles représentent le mystère de la création artistique avec des associations de sens, de sonorités et de couleurs. Telle une offrande antique sur les autels face aux cieux, acte en liaison directe avec l'univers en expansion, souffle infime, la pensée conceptrice provoque les tempêtes sidérales. Je me rends compte en ce matin glacé que je ne suis pas un auteur mais plutôt un catalyseur, ce maillon entre l'invisible et les signes visibles, j'accomplis le plus simple en apparence : retranscrire. C'est mon rôle dans cette vie et je ne peux en retirer quelque orgueil. Sinon auprès de ceux qui préfèrent les leurres à l'acuité de la réalité, regardent les images mais pas ce qu'elles représentent, lisent les mots sans en connaître les racines, les codes, les strates de significations laissées par des générations de devins.

Mes doigts se crispent sur le stylo ! J'aimerais en cet instant plonger ces muscles-là qui ont tant servi dans un bol d'eau bouillante, les délier, les réchauffer, leur donner force. Je tends mes phalanges, entends presque le frottement des osselets usés, mais ne m'attarde pas : voici la grâce. Je trace la première lettre en majuscule : un "l" magnifique, avec des boucles, des courbes, des enroulements. Je l'abandonne vite cependant, tiré par le mot entier, par d'autres, vers balancés d'une ligne à l'autre. Cet escarpement sur la feuille s'apparente à la descente fascinante d'un escalier, une traversée des apparences du haut vers le bas, une passerelle qui relie le ciel à la terre.

Et se nomment autrement
Les anciens dieux !

La voix au fond de mon cœur bouillonne, me survolte.

Tu parcours jusqu'au fond de toi
Les itinéraires magiques :
Et les étonnements
Les effrois,
Les folies
Font des volutes au ciel de l'âme.

L'accomplissement de ma mission de poète se confond avec le bonheur, la plénitude de l'heure m'emmène au-dessus de toutes les autres contingences matérielles et immédiates. Je survole, heureux, à la fois ange et messager, je suis l'"angelos" de l'Antiquité, qui apporte les mots que vous attendiez ! Ils sont les codes secrets de l'infini, de l'éternité !

Tu devines alors
La trajectoire insensée
Qui te propulse
Dans les miroitements du soleil.

Le poème, celui-là, unique et inouï, va s'achever, je le sais à cause de la douleur de la chose accomplie, atténuée par celle de cette naissance inespérée. Nous sommes dans la polarité, jamais réunis en nous, toujours incomplets. Et pourtant...

Le silence se dénoue.

Ce dernier vers parfait le propos : tout est dit et tout est écrit.

Près de trois heures se sont écoulées sans que je ne m'en rende compte. Je suis préoccupé. J'aimerais savoir où est Salomé, mais repousse la curiosité, comme si cette démarche allait m'engager dans une nouvelle relation. Avancer d'un pas serait atteindre la limite normale de notre complicité, lui donner une autre valeur, plus personnelle, plus intime. N'empêche qu'elle me manque. Avec quelques années de moins, je l'aurais aimée à la folie, abusée de ma maturité, rusée avec mon savoir. Toutes les justifications contradictoires seraient venues au secours de mon désir. Mes sens sont désormais émoussés.

L'écriture baroque sur l'enveloppe m'incita à lire la lettre dont le ton direct me plut. Mon secrétaire lui fixa un rendez-vous dans un café littéraire. Quand je vis arriver cette jeune fille souriante, les joues roses de confusion, j'eus tout de suite envie d'elle. Elle me donna l'impression d'avoir décidé de se rallier à mes propositions, quelles qu'elles fussent. Elle but une gorgée de sa limonade, ouvrit son carnet de notes et me posa la première question. La sensualité de sa voix projetait sa sensibilité hors de son être. J'avais du mal à ne pas quitter son regard, laissai mes yeux flâner sur sa bouche, son pull de grosse laine, sa taille mince. Je l'ai emmenée chez moi et en un geste qui pouvait encore passer pour innocent, l'ai prise par l'épaule. Elle était impressionnée par le nombre de livres, le bureau surchargé de dictionnaires, de lexiques, de dossiers, de brouillons de toutes sortes… Nous nous assîmes côte à côte dans le divan moelleux et elle m'abandonna sa main. Dieu que mon cœur cognait dans ma poitrine !

Mes aventures n'ont jamais été teintées de remords. J'ai donné autant que je recevais ou prenais, du moins j'ai tenté cet équilibre.

À l'occasion de mes soixante ans, un prestigieux magazine littéraire m'avait consacré plusieurs pages, dont une rencontre avec le rédacteur en chef qui avait fidèlement rendu mes propos :

"*– Écrivez-vous pour laisser une trace ?*

– J'écris parce que c'est ainsi que je définis ma pensée et parmi toutes les manières de la concrétiser, j'ai choisi l'écriture. Laisser une trace ? Quel intérêt ? Pour qui ? Pour les générations suivantes ? L'erreur – je la combats – est de croire que des choses peuvent se figer, que la vie des hommes ne serait pas cette mutation perpétuelle, que l'expérience des uns peut servir à d'autres (qui est semblable ?)...

– Peut-on dire que dans la somme littéraire que vous nous offrez, la poésie tient la place principale ?

– Je n'affirme rien, je constate. Un essai exige une recherche, une documentation, une discipline d'écriture ; l'élaboration même de ce travail me procure un assouvissement existentiel. Donc ce n'est pas en comparant que je peux répondre. La poésie me naît d'illuminations, elle est plus subconsciente, toute création artistique l'est peu ou prou. Le support de l'expression littéraire dépend des circonstances et de la disposition de l'esprit à un moment donné. Poèmes, essais, théâtre ne s'écrivent pas en même temps. L'auteur crée pour les mêmes raisons mais à des instants différents. Dans la course du temps et dans l'espace, nous avons l'intelligence métamorphosée en permanence. J'écris pour ne pas glisser sur ce sol mouvant. Mes écrits peuvent aider celui qui est proche de mes angoisses, distraire un lecteur embarrassé dans sa vie prosaïque, suggérer un autre débat dans la tête d'un homme."

XVII

La vapeur aux parfums de sauge et de thym s'échappe des casseroles sur le fourneau. Ni José ni Éva ne m'ont entendu venir. Lui est caché derrière un journal déplié et elle semble assoupie dans le siège d'osier près de la fenêtre, tableau paisible et breughelien. Je frappe avec le pommeau de ma canne sur le chambranle. Ils se redressent, se lèvent d'un bond avec un bel ensemble et restent muets, peu habitués qu'ils sont à me voir en ces lieux, leur domaine. Je cherche des yeux un siège, remarque un second fauteuil d'osier et m'y cale.

– Avez-vous des nouvelles de Salomé ?

Ils échangent un regard, se tournent vers moi, font non de la tête.

– Vous en avez parlé à la personne qui nous l'avait présentée ?

Éva hausse les sourcils.

– Notre cousin est retourné au pays, Maître ! Il ne pourrait pas en savoir plus que nous...

Une des mixtures bouillonne dans la marmite, produisant le même bruit que la pocheuse où je cuisais des œufs, quand j'étais étudiant. L'apprentissage de la vie passait aussi par celui de la cuisine, de la gestion du budget, du choix de l'activité culturelle. Ai-je bien fait d'être alors plus sérieux que je ne l'aurais voulu ? Le "casanier" – celui qui aime rester à la maison – comme on me surnommait, remplaçait les séances de cinéma et les verres avec les copains par des lectures, le plus souvent étendu sur le lit. Le sentiment que je ne pouvais pas perdre de temps m'oppressait. Qui veut gagner se perd ! J'ignore de qui est cette phrase, mais elle complète "L'avarice perd tout en voulant tout gagner" de Jean de La Fontaine ou encore "Il n'y a point de vrai progrès de raison dans l'espèce humaine, parce que tout ce qu'on gagne d'un côté on le perd de l'autre" de Jean-Jacques Rousseau dans *Émile*. Surgissent, parmi les souvenirs de jeunesse, les hauts murs d'enceinte : celui de l'école en briques sales, celui d'une propriété voisine, où des tessons de bouteilles avaient été fichés, un par un, dans le ciment au faîte de la clôture. Plus que cette défense sans doute dérisoire pour des voleurs expérimentés, c'est la patience du maçon, artisan de cette crête épineuse, qui me fascinait. Bref, je m'enfermais, aimais ma geôle et rêvais d'évasion. L'adolescence m'infestait de ses paradoxes.

Je m'en veux d'être venu déranger le couple qui attend un signe, un mot. S'ils avaient su quoi que ce soit, ils m'en auraient parlé. Curieusement, José, qui m'épiait, va faire écran devant un vaisselier et je comprends qu'il veut me cacher ce qui s'y trouve. Je me lève.

– Que se passe-t-il, José ?

Il rougit et balbutie quelques mots embarrassés. Je m'approche, l'écarte et reconnais tout de suite l'écriture de Salomé sur une enveloppe qui leur est adressée avec la mention "personnelle" soulignée deux fois.

– Elle nous a demandé de garder le secret ! s'excuse-t-il.

– Je ne la lirai pas, cette lettre. Elle vous est adressée, mais au moins dites-moi ce que je devrais savoir.

– Elle nous demande de ne rien vous dire, répète José.

– Moi j'exige une explication !

Sa fidélité à ma personne et son honnêteté se télescopent et brouillent sa pensée. Il jette un regard interrogatif à l'adresse d'Éva, qui hausse les épaules pour lui signifier de prendre lui-même une décision.

– Elle va vous écrire, Maître. Tout vous expliquer dans une lettre. Elle est en voyage pour l'instant... dans mon pays et préfère...

Je leur tourne le dos et m'efforce de sortir avec dignité.

Lorsque Salomé m'avait demandé de répondre au célèbre questionnaire d'un journaliste littéraire, j'avais accepté à condition qu'elle y réponde elle-même ensuite. La seule réponse – la dernière de Salomé – que j'ai gardée en mémoire avec une grande émotion est celle-ci : “Ce que j'ai envie que Dieu me dise juste après ma mort ? Que mon chat serait mort de toutes façons, que ce n'est pas de ma faute... ”

Dans une heure, la doctoresse passera et nous ferons une fois de plus le bilan de mon enveloppe terrestre. Je tâcherai d'avoir l'air désinvolte. Elle débusquera les approximations dans mes réponses. Et l'humilité de ma situation m'anéantira. S'il le faut – elle l'avait suggéré lors de sa dernière visite –, j'arrêterai la pipe et le vin, un pas vers l'ascétisme prôné par les sages. Puis-je faire partie de cette élite si je m'abstiens par obligation ? Je pourrais tricher et faire semblant que j'ai volontairement précédé l'ordre médical, mais quelle idée saugrenue que de s'abuser !

À l'extrémité de l'aile gauche du manoir se situe un second bureau où je n'ai jamais travaillé, du moins pas à l'écriture même. Les bibliothèques recouvrent totalement les murs, de leur base jusqu'au plafond. Un escabeau de bois et un escalier en colimaçon vers une mezzanine que borde une balustrade me permettaient d'atteindre les livres les plus utilisés. Je me laissais aller de temps en temps à des assoupissements jouissifs au creux d'un confortable sofa de cuir fauve et parvenais à m'isoler du monde, à m'extraire du quotidien prosaïque, à m'enfouir dans un ailleurs où mon souffle régulier et ralenti faisait partie de la sérénité. Aujourd'hui, j'ai l'impression de ne plus pouvoir retrouver cette quiétude. Il fait bon dans la pièce mais j'ai entrouvert une fenêtre et un filet d'air froid s'est insinué dans la pièce. Il peut m'épousseter mais aussi me donner la migraine, m'inoculer le virus de la grippe, voire contaminer toutes mes défenses immunitaires et m'achever. Je croyais avoir gagné et mérité mon repos, je ne me suis jamais senti aussi déconcerté.

Ici, j'ai appris à écouter et j'ignore qui m'avait parlé de cette expérience, mais je la menais à bien assez souvent. Étendu, décontracté, je tendais l'oreille. Non plus vers mes propres bruits – ceux indistincts du cerveau, ceux plus terre-à-terre de la digestion, ceux plus inquiétants des jointures –, mais vers ceux émanant d'ailleurs. L'exercice serait le prélude à une meilleure communication avec les humains. J'entendais peu à peu, comme si se dissipait la brume de l'ouïe et non plus celle, habituelle, de la vue. Je percevais un train à des kilomètres de distance, un aboiement régulier et obsédant, des répons d'oiseaux : un appel sous forme de chant et puis le chœur des congénères, le vent dans les branches, une assiette empilée dans une armoire, peut-être un mouvement de rongeur dans un grenier. Ici aussi j'ai lu cette réflexion pertinente de Blaise Pascal au sujet d'Aristote : "On ne s'imagine Platon et Aristote qu'avec de grandes robes de pédants. C'étaient des gens honnêtes et, comme les autres, riant avec leurs amis ; et, quand ils se sont divertis à faire leurs Lois et leur Politique, ils l'ont fait en se jouant ; c'était la partie la moins philosophe et la moins sérieuse de leur vie, la plus philosophe était de vivre simplement et tranquillement." Ce lieu d'introspection et de méditation me semble aujourd'hui encore convenir pour le retour à ma tranquillité d'esprit.

Tikal vient lécher ma main. Le temps passe et je ne veux pas penser à sa mort ni comparer son âge à la moyenne de vie de ses semblables. Quelquefois, j'en ai un serrement de cœur. Comprend-elle mon appréhension ? Son regard traduit-il sa compassion pour l'autre, celui qui reste seul ? Cet anthropomorphisme est-il déplacé ?

Au fond, je ne sais rien. Les connaissances accumulées qui n'ont pas été écrites disparaissent un peu à la fois. Je ne retiens que l'exercice d'apprendre. Cela m'a été profitable, m'a forgé le caractère et l'esprit. Mais l'apprentissage, donc, plutôt que l'objet de l'étude, cette discipline de l'effort que je me suis imposée, poussé par un consensus qui remonte à la nuit des temps, est-elle utile ? Qui provoque ce conditionnement ? Quelles règles ancestrales nous dictent cette appétence de vouloir à tout prix remplir la vacuité de notre existence et ne pas se retrouver face à face avec l'avenir… avec l'inconnu. Ici-bas comme après la mort.

L'acupunctrice se penche sur moi et à demi cachée sous ses cheveux, elle glisse les aiguilles sous ma peau. Elle me rassure quant à ma cheville et quitte la chambre. Je m'oblige à l'immobilité, celle des membres que je n'ose remuer de crainte de sentir les épingles, celle de l'esprit, plus relative et que je tente de dompter. Les grandes questions existentielles défilent rapidement, entremêlées de détails – l'amour perdu de Marie-Laure, une page déchirée dans un manuscrit – puis le rythme ralentit et je m'attarde sur l'abstrait. En me remémorant le plafond d'une chapelle où des anges enveloppés de tuniques torsadées s'envolent entre les nuages, je sens, comme à l'époque, ma pensée traverser cette peinture naïve pour s'élever au dehors, s'éloigner de la Terre, prendre possession de l'espace, s'étendre... De façon étrange, cet apaisement céleste est le résultat d'une animation inouïe et d'une apathie quasi scientifique. Il me semble que je comprends l'élan de l'univers tout en le redoutant dans ce qu'il a d'inexploré et de mystérieux.

Revigoré après le contrecoup de la séance de soins, je vois le départ de Salomé, considéré jusqu'à présent comme un manque, sous un angle positif. Dans quels sentiers illusoires me serais-je encore aventuré ! Sa candeur me plaisait autant que ses hanches. Et même si je fuis le pouvoir, l'ascendance éventuelle, il est encore plus facile de ne pas l'exercer quand son objet n'existe plus. Je sais que ce nettoyage par le vide, cette victoire par la fuite de l'ennemi est une manière pour moi de continuer à vivre.

Charlotte m'avait appris la jalousie et elle l'entretenait. Mes questions sur ses absences inexpliquées, injustifiées, l'exaspéraient. Le ton montait très vite et les portes claquaient. Elle me revenait un peu plus passionnée, comme si cette tension provoquée intensifiait son attirance pour moi. Nous ne prenions pas la peine de nous déshabiller entièrement, impatients et fébriles, pour nous rejoindre dans les cris, les râles, les appels les plus crus. Nous nous échouions alors sur la même plage, mais désenlacés, voire éloignés l'un de l'autre. Ainsi l'amour n'était qu'artifice.

J'oubliais dans l'écriture qui me sauvait à chaque fois du désespoir, de la désillusion et j'appris à faire de cette fuite un refuge, un lieu clos. De ce jardin secret, j'offrais quelques fleurs, de mon verger je partageais certains fruits avec le lecteur. À lui d'en deviner la forme et la saveur, d'en déduire le nom de l'arbre où je les avais cueillis.

– Nous sommes devant la grille d'un parc magnifique. Votre livre est ce parc, disait le journaliste. Mais vous ne nous laissez pas entrer !

L'émission se déroulait en direct et je niai ce soir-là, mais il avait raison. Personne n'a jamais eu le droit de pénétrer sur mes terres, dont je contrôle l'accès. À celles que j'ai tant soit peu aimées, je racontais parfois mon Éden. J'affadissais pour ne pas leur faire envie. Car je l'avais aménagé à ma convenance, cet espace ; il me seyait si bien.

– Chez vous, tout semble symbolique, rien ne paraît gratuit. Vous ne croyez pas au hasard et vous ne voulez pas en être le chantre, poursuivait l'animateur en consultant ses notes.

Je m'entendais répondre en parlant de la liberté du lecteur, de la faculté que je lui donnais de coller sur mes suggestions d'autres images, d'autres réalités. Que l'œuvre d'art réussie était à mon sens celle qui provoquait une création nouvelle chez celui qui lisait, admirait, détaillait, analysait. En quittant le studio, je dédicaçai quelques livres et scrutai le visage de ces lecteurs : avaient-ils compris mon propos ?

XVIII

La grande écriture occupe toute la surface de l'enveloppe, comme si le timbre coloré avait dû insister pour trouver une place en haut à droite. Je n'ai jamais douté d'un signe prochain de Salomé et l'air triomphant d'Éva lorsqu'elle me brandit la lettre me déplaît. J'attends d'être seul et prends le coupe-papier africain, un crocodile en bois d'ébène avec une queue plate, aiguisée. Je déplie la double feuille, étonné de mon flegme. Le "Maître Gustave" et entre parenthèses : "Ou Gustave ? Ou Gus ? Est-ce le moment d'être plus familière avec vous ?" me font sourire malgré moi. "Depuis toujours, je déteste les séparations et j'ai du mal à prononcer un *au revoir* ou *adieu*, même *à bientôt*. Cette difficulté doit remonter aux sorties de mes parents, aux changements d'écoles qui me firent abandonner tant de fois des amis. Et surtout à cette déchirure dont je ne vous ai jamais caché l'ampleur."

Lorsqu'ils étaient absents, je le savais. Sensible aux moindres bruits, leur disparition m'alertait. Mon père travaillait tard dans son bureau et ma mère m'y emmenait pour l'embrasser avant de me mettre au lit. Je découvrais avec tristesse un geste d'agacement lorsque nous entrions dans la pièce, mais il se reprenait et me souriait aussitôt. Parmi les planches abandonnées par ses assistants, l'odeur de l'ammoniaque qui servait aux copies dans les cadres de verre, un éclairage singulier l'excluait du cercle de lumière. Dans la pénombre, il me fascinait et je lui prêtais sans doute des pouvoirs imaginaires. Ma mère me faisait sortir de la pièce au plus vite. Une fois couché et bordé, je tendais l'oreille : une équerre qui chutait, une incursion dans la cuisine pour boire ou grignoter, le chuchotement de ma mère lui faisant remarquer sa fatigue. Son pas souple surtout – il survolait le sol, proche d'un chat ou d'un fauve – me subjuguait ! Et tout à coup l'agitation, le bavardage, le monde s'arrêtaient et je comprenais qu'ils avaient déserté la maison en m'abandonnant à une quelconque garde silencieuse et inconnue. Cette trahison nocturne me terrorisait et n'a jamais quitté ma mémoire. Même en plein jour, même annoncées, même prévisibles, j'appréhendais leurs fuites. Ces déchirements m'ont tant bouleversé qu'ils me traumatisent encore aujourd'hui. Salomé ne pouvait s'en douter.

"J'ai passé des mois enchanteurs chez vous, y ai mené une existence dont je n'avais jamais rêvé. À mon âge, je ne peux pas prolonger un bonheur que je n'ai aucunement mérité, alors que vous l'avez désiré, que vous y avez droit et que vous en êtes digne. Mais nous savions que ce n'était qu'une étape entre deux voyages. Je devais poser mes bagages pour oublier. Ma première désillusion amoureuse m'a permis de vous rencontrer et de vous connaître. Vous qui aimez les mots, vous comprendrez les nuances de ces deux verbes. C'est une chance inespérée."

Elle est au Mexique. Mon regard quitte les méandres des phrases, dérive vers les livres rangés, identifie les collections et les éditeurs à la couleur de la tranche. Je nie le hasard cependant, sans hésiter, je mets la main sur les œuvres d'Antonin Artaud. En 1945, il publie ses souvenirs du Mexique dans *Voyage au pays des Tarahumaras*. Dans *Le théâtre et son double*, j'ai marqué d'un trait dans la marge : "Je ferai ce que j'ai rêvé, ou je ne ferai rien" et "On doit en finir avec cette idée des chefs-d'œuvre réservés à une soi-disant élite, et que la foule ne comprend pas..." Que faire encore ? J'ai vécu. J'ai vécu avec folie dans mes vies privées ; avec discernement dans le travail ; avec distanciation en cette fin de partie.

Avec méthode, j'entrepris d'ouvrir le colis envoyé par un auteur que j'avais encouragé. Je ne vis pas tout de suite de quoi il s'agissait, malgré l'appellation explicite : la "Machine à temps" était une copie d'un ancien appareillage destiné à mesurer le rythme de la vie qui passe. Je terminai le montage détaillé par la notice et glissai les billes de plomb dans les conduits. Par un astucieux système, les billes descendaient d'un étage à l'autre au gré des minutes et des heures et se renouvelaient entièrement à chaque douzaine d'heures. Actionnée par un mécanisme à ressort, une sorte de longue louche cueillait la bille et la déposait au-dessus de l'édifice. C'était fascinant à observer. Je remontai le ressort et m'installai pour suivre l'avancée des sphères. Assez vite, je pris conscience d'un malaise : le temps passait trop vite en se concrétisant sous mes yeux. Il n'était plus extensible, ralentissant quand j'attendais un plaisir, accélérant quand j'en jouissais. Il était mesuré, limité, balisé, rationné en quelque sorte. J'eus du mal cependant à me soustraire à cette vision magnétique. Peu après, ce fut le bruit même, tel le tic tac d'une horloge, qui me dérangea. Comme un cadeau empoisonné, comme un objet maléfique, je le remisai au fond d'un placard. J'eus l'impression de l'entendre encore. Un peu gêné, je l'enfouis au fond du tiroir d'une commode pour que son cœur cesse enfin de battre.

Artaud est mort dans un asile psychiatrique. "Si le signe de l'époque est la confusion, je vois à la base de cette confusion une rupture entre les choses, et les paroles, les idées, les signes qui en sont la représentation." La concordance entre la pensée et l'écriture fut l'œuvre de ma vie, même si, en effet, l'époque traversée n'eut pas les mêmes préoccupations. J'ai vu des divorces dans l'art, des rejets, certains anéantissements et tant de contre-vérités ! Même l'harmonie m'a semblé dépassée. Comment définir sa place dans l'univers qui poursuit sa course si la proposition de ces fauteurs de troubles est le déracinement ? Je ne comprends pas cet acte désespéré et inutile : il nous faut une existence entière en quête d'un aplomb, d'une redéfinition, d'une reconstruction, rebâtir, pour en arriver à jeter le gant, poussé par la rage, l'impuissance ou la démence ? Qui sommes-nous pour nous rebeller ainsi ? Cette minuscule pensée, frottements ou branchements dans une infime partie du cerveau, nous permet donc d'affronter tout ? À commencer par nous-mêmes ? Je ne prêche rien, surtout pas la résignation. Je tente de vivre le mieux que je peux. Et cela m'occupe entièrement.

L'ouvrage qui me valut la plus grande reconnaissance de mes pairs portait sur le dilemme du sens de l'évolution, partant de l'être humain. Devons-nous tendre vers une plus grande complexité ou vers la simplification extrême ? Il m'est arrivé d'appliquer ma conclusion à la vie la plus prosaïque. Pour revenir à une situation élémentaire, après une période agitée, complexe, douloureuse, je devenais misanthrope, je coupais les ponts avec mes relations, je travaillais à une seule œuvre… et je faisais repeindre l'appartement en un blanc lumineux et immaculé. Je vidais ma mémoire. Puis, trop vite, j'accrochais des tableaux bigarrés sur les murs ; je tombais sous le charme d'une nouvelle conquête amoureuse, ou d'un auteur inconnu et enthousiasmant, ou encore d'un projet littéraire. Contraint de renouer les fils vers le passé, de recoudre la toile et d'en accepter les épisodes douloureux qui faisaient partie de moi, je m'efforçais de trouver un sens à ce lacis d'événements, de paroles. Je devais à nouveau m'accommoder de cette accumulation de faits.

Cet instant immobile
Entre deux mondes
Vertige de bonheur
La fleur
Dans le bouquet vivant
Le verre d'eau encore dans la rivière
C'est en moi que je plonge
Et remonte courant…

En réalité, nous choisissons soit de remonter le courant de la vie, soit de le suivre, sans savoir où le fil de l'eau nous mène. Nous avons le libre arbitre de l'embarcation, dont nous pouvons négocier le prix pour atteindre une destination. De toutes manières, nous ne la verrons pas nous-mêmes, semble-t-il, ou plus de notre vivant. Seul le sens du voyage revêtirait-il de l'importance ? Sa conclusion même n'est-elle pas encore inconnue, puisque l'univers prolonge encore ses jaillissements dans une extension inouïe. Sur les flots de la vie, tel un marin, l'homme apprend les pièges et les avantages, édicte des règles et élabore des recettes. Il transmet à la génération suivante le guide des prévisions de tempêtes et un manuel de pêche. Et s'il porte en lui cette envie, semblant innée tant elle perdure, de découvrir une terre pour y accoster, pour s'installer, se reposer, changer de comportement, il ne sait hélas ni dans quelle direction mener sa barque, ni même si cette terre existe réellement… Il fallait baliser tant de théories invérifiables. On a inventé la Foi.

Salomé m'écrit que les masques mexicains l'intriguent. Ils parodient la mort. "Vous m'avez enseigné la notion de la trajectoire humaine, difficile à concevoir à vingt ans. Nous nous engageons dans la vie avec fougue et avec confiance, sans recul, sans hauteur non plus. Mais vous m'avez parlé sans écran, sans barrière, de l'essentiel, me donnant une vue d'ensemble de ce que peut être une vie. J'ai appris que les détails restent des détails quand on les regarde comme tels ; ils ne dénaturent plus qu'un fugace instant de faiblesse ou d'erreur et peuvent s'effacer rapidement. Bref, je ne m'encombre plus d'excédent de bagage pour ma randonnée." Je revois sa silhouette souple, sportive arpenter le gazon proche de la véranda, cheveux au vent avec un je ne sais quoi de félin. Une grâce, une promesse, un appétit de vivre, comme si elle était en permanence prête à s'élancer vers un palier plus élevé : une autre fenêtre, une branche, un toit. Sans perdre de son élégance et de son mystère, elle est aux aguets, attentive au moindre signal d'un nouveau bonheur possible, qui serait plus complet, plus tentaculaire jusque dans les recoins de sa réalité quotidienne. Tandis que moi qui l'observais, j'en étais à me demander de quelle façon j'aborderais sans trop de souffrance inutile la mort dont je me rapprochais.

Nul besoin de m'affubler d'un masque, mon visage s'est parcheminé jusqu'à épouser les os qui saillent.

La similitude de nos prénoms m'avait incité à détailler avec attention ce tableau de Gustav Klimt suspendu dans ma suite d'un hôtel de Cannes. *L'Arbre de vie* (la reproduction titrait avec le charme de la langue italienne : *L'Albero della vita*) ne représentait que la partie centrale du projet pour la "frise Stoclet". L'artiste utilisa aussi bien l'aquarelle et la craie que la mine de plomb ou la peinture dorée dans un éclectisme jubilatoire. Sur les branches, une sorte de paon se perchait et quelques ramilles représentaient le double œil d'Horus. Le fantastique était que les branches – ces volutes propres à l'artiste – n'étaient coupées que par la Marie-Louise du tableau et se ramifiaient peut-être à l'infini à l'extérieur de ce quadrilatère.

Un autre tableau de l'Autrichien, peint au début du XXe siècle et exposé dans la galerie d'art moderne à Venise, est le plus célèbre sans doute : *Salomé* (Giuditta Salomé).

Éva toussote en haut de l'escalier. Tikal lève le museau.

– Avez-vous besoin de quelque chose, Maître ?

Je lui demande du thé, aux fruits des bois. Intriguée par le ton de ma voix, la chienne vient se frotter à mes genoux, quêtant une caresse. Les battements de mon cœur me semblent rapides et un peu désordonnés. Je reprends la lecture de la lettre : "Si vous ne voulez garder qu'un seul souvenir de moi, souvenez-vous de cette conversation à propos de vos livres et de vos enfants. Je sais que vous les avez retrouvés et que vous les aimez, tout compte fait. Parce qu'ils sont vous-même et qu'ils poursuivront leur route, comme moi, ailleurs, autrement. Ce fut la grandeur de votre vie." Ces picotements familiers au bout des doigts, symptômes d'une chute de tension, sont les signes précurseurs de la syncope. Je me concentre pour ne pas céder à la panique et m'appuie contre le dossier du fauteuil. On dirait qu'il fait nuit, je ne vois plus que cette phrase d'Aristote se déroulant devant mes yeux : "Avec le temps et les circonstances aidant, on devient vertueux". Je perçois le sang dans mes veines comme des torrents souterrains qui grondent, bouillonnent et cascadent au centre de la terre.

XIX

Naguère, j'assimilais les illuminations à la beauté du possible, du progrès, de l'avenir. Les trouées orange le long des autoroutes la nuit m'exaltaient, tout comme le désordre coloré des néons publicitaires, des enseignes de brasseries, de cinémas, des feux de signalisation dans la grande ville. En revanche, les lueurs électriques blanchâtres émaillant chichement les routes pavées et les carrefours urbains me filaient le cafard.

La lumière est blanche et vive, personne ne semble vouloir la tamiser pour moi, je garde donc les yeux fermés. Peu importe où je suis, je me sens bien. Je souris de ma voix intérieure, celle que j'entends depuis mon adolescence, au timbre et à la fraîcheur jamais altérés. Mon ange, chargé de commenter ma vie, dialogue en moi avec lui-même, il soliloque. Même désuet, ce verbe est le terme juste, car il s'applique tant à ceux qui se parlent à haute voix, qu'à ceux qui pratiquent le monologue intérieur, me dit mon professeur de français en me montrant la page du dictionnaire. Il me parle encore, mais je ne l'entends pas – que fait-il sur l'estrade de la classe devant le tableau recouvert de mots glissés entre des lignes parallèles, telle une partition musicale ? – et puis je prononce son nom pour que le son de sa voix enfin me parvienne. Son tablier gris d'enseignant semble verdir en uniforme de médecin alors qu'il m'annonce que je suis premier de cours. Les élèves m'applaudissent, mais je ne reconnais que ceux que j'aimais. Le claquement des mains, étrangement semblable à celui d'un scanner, s'estompe. Le silence se fait et l'obscurité.

Charlotte n'a pas changé. Je la retrouve au jour de notre rencontre ; pas à celui de notre rupture, le visage enlaidi par la colère ou l'alcool, les paupières – que j'aimais tant embrasser – alourdies de fard. Son rire clair – oui, je l'entends à présent ! – m'encourage, sa voix me parvient par bribes. Me parle-t-elle des enfants que nous n'avons pas eus ? Avec tendresse, dans un ralenti sonore qui lui mêle les larmes aux éclats de rire, elle me récite le premier quatrain publié :

Je vis la tête dans la neige
Et je m'endors au son du vent
Mais quand se meurt le privilège
Je reste sourd au ciel mouvant.

Elle aimait cette ingénuité qui lui ressemblait jusque dans la mélancolie romantique de cette génération. Je savais que ce n'était pas encore ma poésie. Il me faudrait davantage souffrir et jouir pour y arriver. J'étais égoïste alors, tellement préoccupé de mon parcours, de mes problèmes, de mon avenir. Elle s'y inscrivait, mais comme dans le sillage du mien qui fonçait droit devant. Me suis-je inquiété de ce qu'elle souhaitait vraiment ? Ne me suis-je pas arrangé de ses erreurs pour justifier les miennes ?

Personne n'a jamais pu me confirmer si vraiment elle était morte par ma faute.

Charlotte ne sourit plus. Elle me regarde comme au temps de nos fiançailles, de notre innocence, grave et confiante. Elle n'a pas besoin de mots pour me labourer le cœur de remords. J'implore son pardon. Je sais que je dois le faire oralement, moi qui me suis tant réfugié dans l'écrit et je m'exécute. D'abord dans un marmonnement gêné, ensuite à haute voix, enfin dans des cris. On me modère, quelqu'un pose sur mon front une serviette humide et quelqu'un me caresse la joue. Ensuite j'ai l'impression de me retrouver seul dans l'atmosphère vaporeuse.

C'est étrange : une musique me réveille. Je ne parviens pas à identifier cette mélodie lointaine et la laisse m'envahir, comme la main d'une inconnue posée sur la mienne le temps d'une conversation, d'une phrase ou d'un mot ponctué. Cet instant-là souvent demeure plus dans le souvenir que la raison même du geste. La douceur, la légèreté de la pression font encore des années plus tard frissonner la peau ridée et tavelée. La musique est parfaite et rassemble tous les styles – je crois reconnaître Jean-Sébastien Bach et l'on glisse vers Sydney Bechet, j'entends de la musique gaélique, mais elle se métamorphose en celle de John Coltrane, la voix chante du Maurice Ravel et se mue en inflexions de Paul McCartney. Elle est jouée par des milliers d'instruments différents qui s'accordent et prennent tour à tour de l'importance. Je suis donc terrien : la musique céleste naît de rien, non d'instruments. Le rythme de cette incroyable symphonie est celui des battements de mon cœur ou alors celui de ce navire fantastique – émergeant du brouillard – où, parmi les croisiéristes qui me font signe du bastingage, je reconnais Marie-Laure et Robert. Ils s'embrassent mais ne m'inspirent aucune jalousie. La raison remporte une victoire sur ce défaut, dont elle m'avait tant imprégné. Robert me jette des paquets noués de rubans multicolores : ce sont des cadeaux. Je les attrape sans difficulté et les dispose sur le lit devant moi. Je déchire les emballages et les reconnais : ce sont les objets que Marie-Laure m'a rapportés de ses voyages et pour chacun je peux identifier la trahison. Un scarabée taillé dans la pierre d'Égypte, un démon de cuivre pour son escale à Goa… et c'est de cette radio miniaturisée japonaise que provient la musique qui enchantait mes oreilles. À présent les phrases musicales sont dissonantes et je tente avec des gestes brusques de les arrêter. On tâche de m'en empêcher, on m'emprisonne les bras, le corps. Je me calme, vulnérable, et d'ailleurs les sons se sont volatilisés.

Une femme vêtue d'une robe blanche se penche vers moi. Il me faut quelques instants pour reconnaître Clarisse : elle est plus jeune que lors de notre rencontre. Elle pose ses doigts sur mes tempes et exerce une légère poussée concentrique, qui me soulage, même si je n'étais pas vraiment conscient, une seconde plus tôt, d'en avoir besoin. Elle me parle, me raconte des futilités, des rencontres, des désirs. C'est une sorte de mélopée ou de litanie. Je voudrais lui dire enfin pourquoi je ne l'ai pas aimée assez et pour quelle raison la sensualité avait pris le pas sur les sentiments amoureux. Ce n'était qu'une autre manière de lui témoigner mon attachement. Mais je sais aussi – autant le lui avouer – que je n'ai plus voulu (l'avais-je jamais fait réellement ?) faire cet effort de surmonter mon égoïsme. J'avais trop peur de souffrir. Je me retenais de donner pour n'avoir que la satisfaction de recevoir. Elle hoche la tête, ne semble pas convaincue. Je me rends compte que c'est l'idée de trahison qui passe dans ses yeux. Oui, je l'ai trahie. N'ai-je point trahi tout le monde, mes trois compagnes certes, mais surtout moi-même ?

Mes parents me rejoignent. Ils me font signe, s'écartent aussitôt. Je devine pourquoi : l'orage s'est calmé et mon père a sans doute décidé de rouler en voiture jusqu'à la base de l'arc-en-ciel qui strie le ciel. Il voudrait se baigner tour à tour dans le violet, l'indigo, le bleu, le vert, le jaune, l'orangé et le rouge. Je le lui ai entendu raconter à un client l'autre soir lorsque, quittant le bureau d'architecture, il le reconduisait à la porte d'entrée. Mes parents continuent de s'éloigner du lit en me tournant le dos, mais je constate qu'ils ne se tiennent pas la main, n'ont aucun geste d'affection, de tendresse. Je sens confusément que c'est à cause de moi, mais ne peux en identifier la raison précise. Cette impuissance me fait mal. Peut-être ne m'aiment-ils pas ? Comment le leur demander à présent, ils ne peuvent plus m'entendre : ils ne sont que deux points à l'horizon. “Ils auraient voulu une fille” affirma un jour une tante en ma présence. Combien de fois, après cette indiscrétion, me suis-je transformé dans mes cauchemars pour le devenir et pour me faire enfin remarquer et apprécier de mon père et de ma mère ? Je n'oublie pas ces aubes laiteuses emplies de honte.

Avant la disparition de ma mère, j'ai souhaité une fois, une seule fois, en avoir le cœur net et lui téléphonai avec l'intention de poser cette question demeurée si longtemps en suspens. La sonnerie résonna dans le vide de longues minutes sans que je ne sache jamais pourquoi elle n'avait pas décroché l'appareil. Le lendemain je n'eus plus ce courage, je ne l'eus plus jamais…

Voilà, je ne les aperçois plus. Une odeur nauséeuse d'éther me donne un haut-le-cœur. La brume s'épaissit, enveloppe le paysage pour le blanchir jusqu'à sa dissipation. Je suis seul. Je l'ai toujours été en quelque sorte.

Le cocon où j'évolue sans notion de temps ni d'espace semble préparé à mon intention depuis longtemps. Je m'y réfugie comme dans le giron d'une mère hiératique et belle, mais pourtant si tendre. Elle m'attire contre elle, me communique sa chaleur physique et celle qui me donne tous les espoirs, parce que toutes les forces. Elle porte une robe de laine et exhale un mélange de parfum, de savon, de pomme et de sucre, car elle ne peut que préparer un dessert pour l'enfant que je suis redevenu. Elle m'accueille dans la communauté humaine, elle est la déesse mère originelle, la créatrice, celle qui existait bien avant les héros guerriers et virils. Je n'ai plus aucun désir de combats ni de violences, je n'espère que l'harmonie universelle. Elle le sait et m'enlace un peu plus fort en caressant mes cheveux. Je ne connais pas sa voix, car elle entre directement dans mon cœur. Pourquoi avoir vécu cette longue et pénible traversée avant d'enfin pouvoir m'abandonner dans ses bras ? Se réconcilient en moi mes parts d'homme et de femme. J'avais été séduit par ces théories sur la réunification de l'être. J'avais essayé d'approfondir cette hypothèse et… Mais mon messager intime intervient, susurre en moi que j'ai toujours posé trop de questions, surtout celles auxquelles personne ne peut me répondre maintenant.

Le roseau pensant est toujours le roseau. Une dernière fois ma mémoire me montre clairement le jardin. Au bord de l'étang, une vasque – avec l'eau blanche car le ciel s'y reflète – fait une tache claire. Elle s'élargit et j'y découvre des genêts jaunes et des plantes d'un vert céladon. Les soucis orangés m'émeuvent dans leur simplicité autant que les papillons aux ailes blanches. Malgré les insectes et les bestioles, malgré des clapotis, des remous, des vibrations à la surface de l'eau stagnante, le tableau est incomplet puisque Tikal n'est pas à mes côtés ! Je n'entends ni le cliquettement de ses griffes, ni le halètement de sa course, ni ses grognements face aux terriers. J'aimerais tant revoir ses oreilles pivoter pour mieux capter les appels des canards, la mésange qui zinzinule ou le cri d'un martin-pêcheur multicolore. Il fut mon vrai confident et on ne me permet pas de le revoir. La cruauté du monde est sans limite. J'ai un court instant l'intention de l'appeler en modulant ma voix comme il était bon de le faire, mais je comprends qu'il n'a plus sa place dans ce nouveau cercle des êtres. Je désespère.

Et puis, mes pensées se raniment et m'entraînent ailleurs. J'avance de quelques pas – mes jambes n'existent plus, j'ai l'impression de me mouvoir à un mètre audessus du sol – sur une route asphaltée que je connais par cœur. C'est le chemin que j'ai le plus arpenté dans ma vie. Une montée d'environ un kilomètre mène à un bois de mélèzes. Des haies de noisetiers, d'aubépines la bordent, avec l'agitation dans les nids invisibles et les cocons tissés par les vers à soie. Parfois j'ai un bâton dans la main ; il préfigure la canne à pommeau. J'avance à bonne allure et je m'efforce de ne pas regarder le bois pour ne pas être découragé par la distance qu'il reste à parcourir. J'aime, lorsque je lèverai enfin les yeux, la surprise de la proximité du but. Ce n'est qu'une colline, pas une montagne, mais elle est sacrée. Sur le contrefort, certains arbres, pourtant d'une hauteur plus modeste, ont des allures de cèdres majestueux ; je crois voir leurs cimes culminer à cent mètres. La progression est double : je me réconcilie avec moi-même – la vie est prodigieuse – et je m'approche de l'ineffable – je pressens l'importance de cette quête. C'est la clé de mes investigations. Mon rêve s'est souvent arrêté là, soit la réalité me rattrapait, soit le plus souvent je perdais le fil, distrait par d'autres sollicitations plus immédiates et terre-à-terre. Il m'est arrivé aussi d'être envahi d'une terreur inquiétante, comme si je n'étais pas digne d'avancer plus loin.

J'ai mal. Une douleur aiguë me transperce. Le paysage disparaît comme dans un fabuleux éblouissement lumineux, mais mon désir d'avancer recrée les arbres et la grisaille du sol. Coule dans ma gorge un élixir qui soulage ma souffrance.

Je suis gagné par une tension que je ne peux m'expliquer. Aujourd'hui, je vais enfin aller jusqu'au bout du chemin. Je suis prêt. Je supposais la journée bien avancée, il semble qu'au contraire la lumière s'intensifie. Elle sourd de partout, du ciel et des mélèzes. Je n'en reviens pas : j'avais toujours vu l'obscurité des arbres et les lueurs au bout des sentiers, vers l'orée. C'est l'inverse et je ne l'avais pas compris. La peur s'efface. Je pénètre sans hésiter dans le sous-bois et m'y réfugie comme dans un nid retrouvé, une bulle sécurisante. Je perçois l'odeur de l'humus, les troncs ligneux sous mes doigts, la feuille mâchonnée sous ma langue, le bruissement doux à mon oreille des ailes d'anges ou de colombes, l'illumination féerique qui émane de la clairière proche.

Je l'aurais reconnue entre mille. Je savais qu'elle ne m'abandonnerait pas ainsi. Elle me paraît plus grande et ses longs cheveux ont encore poussé. Ses yeux, tant élargis par ses interminables cils, ne quittent pas les miens et je sais qu'elle veut que je m'approche d'elle.

Alors que tout est flou et emmêlé, j'ai la soudaine clairvoyance de me rendre compte que Salomé est présente, ayant interrompu pour moi son séjour au Mexique. Je sais tout à coup que je vais mourir. Et tout est presque simple.

Elle me parle d'une voix plus mélodieuse dans cette réalité que dans ma mémoire où je l'écoutais en secret. Elle me tutoie et m'appelle Gus. Ce plaisir nouveau – je l'avais tant désiré – ne m'empêche pas de m'imprégner du sens de ses phrases. Enfin, j'écoute vraiment quelqu'un d'autre que moi. Elle me dit que mon œuvre s'inscrit dans l'évolution du monde. Chaque mot referme une blessure ancienne. Elle me dit que j'ai partagé mon don de créer et que rien n'est stérile de ce que l'on a fait avec sincérité. Chacune des affirmations de Salomé m'emmène vers un apaisement insoupçonné.

Du même auteur

Romans, nouvelles

Parfois, éd. les Archers, 1978, éd. Bernard Gilson, 1998.
Candice, éd. les Archers, 1979 (prix Triangle).
L'Envol, éd. les Archers, 1980.
La Tendresse inutile, éd. les Archers, 1982.
Le Soleil dans les yeux, éd. les Archers, 1985 (couverture de Gaston Bogaert).
Photos truquées, Nouvelles, éd. Luce Wilquin, 1996 (couverture inédite de Juan d'Oultremont).
L'Année 13, éd. Claude Lefrancq, coll. "Attitudes", 1998.
Mortes Maisons, Nouvelles. éd. Claude Lefrancq, coll. "Littérature", 1999.

Poésie

La Tête dans la neige, (illustrations du peintre Jean Dupont.) éd. Dejaie, 1986).
Les mots changent de couleur (illustrations du peintre Albert de Villeroux), éd. EVO-P.Zech, Paris, 1987.
D'un bleu illimité, coll. "Pavillon Vert-L'arbre à paroles", 1994.
Tendresses d'Ibiza (illustrations de Claire Vanderschueren), éd. Tétras-Lyre, 1998.
Les nuits sont des voiliers (à paraître).

Réalisé par l'atelier graphique
(sous la direction d'Isabelle Gérard)
de La Renaissance du Livre.

Achevé d'imprimer en mai 2002
par l'Imprimerie Floch (Mayenne).
Dépôt légal : mai 2002 ; D/2002/8176/399.
N° d'impression : 54256.
Imprimé en France.